Ursula Curtiss

Gute Nachbarn

Scherz

Einmalige Ausgabe 1999
Diese Taschenbuchausgabe ist eine Auswahl
aus dem Originalwerk:
«The House on Plymouth Street and Other Stories»

Gesamtherstellung: Clausen & Bosse, Leck

Gute Nachbarn

Mrs. Glass näherte sich dem Haus auf der anderen Straßenseite mit der unerschütterlichen Selbstsicherheit einer Frau, die jahrelang Pfadfinderwölflinge, Schulabschlüsse und unbedeutende Bürgerinitiativen geleitet hat.
Das Haus war alt und klein, aus Luftziegeln gebaut, und so natürlich wie ein Pilz schmiegte es sich in den Schatten der hohen Pappeln. Mit einem Blick hatte Mrs. Glass die Lage als ungesund eingestuft.
Zu ihrer grimmigen Genugtuung bemerkte sie, daß die überdachte Haustür, die Wind und Wetter auf das Aussehen von Treibholz gebeizt hatte, weder Klingel noch Klopfer aufwies.
Das war wieder einmal typisch. Diese vereinsamten alten Leute zogen sich wehleidig in ihr Schneckenhaus zurück, und selbst Mrs. Glass, die mit Senioren gearbeitet hatte, fiel es oft schwer, sie aus ihrer Isolation herauszulocken.
Forsch klopfte sie an die Tür, dann wandte sie den Kopf, um ihr eigenes Heim zu betrachten.
Gaslaternen, deren Flackern man im Licht des frühen Morgens nicht wahrnahm, säumten die bekieste Zufahrt mit dem auf antik getrimmten Holzschild: *Griffin-Siedlung*.
Die teuren, nagelneuen Häuser standen auf

landschaftlich wunderschön gestalteten Grundstücken. Dies war keine phantasielose Massensiedlung; die Häuser – manche mit Holz-, manche mit Steindekor – standen nicht einheitlich in Reih und Glied, sondern so gegeneinander versetzt, daß den Bewohnern ein gewisses Maß an Privatsphäre blieb.
Mrs. Glass wohnte im ersten Haus rechts von der Zufahrt. Wenn der grellorange Gasbehälter hinter der Siedlung erst in einer sanftgrünen Farbe gestrichen war – wie die Planer es versprochen hatten –, dann würde er kaum noch ins Auge fallen.
Mrs. Glass schaute und staunte; es war kaum zu glauben, daß die Fläche noch vor einem halben Jahr eine Wildnis aus Feldern und Bäumen war, über die krächzend die Krähen kreisten.
Sie wandte sich wieder der Tür zu und hob schon die Hand, um ein zweites Mal zu klopfen, als geöffnet wurde. Eine kleine ältliche Dame mit hochgestecktem, weißem Haar und durchdringenden braunen Augen – es hätten die Augen eines jungen Mädchens sein können – sagte hastig:
«Wie Sie sehen, benutze ich keine Kosmetik, und ich lese auch keine Illustrierten. Ich sage es Ihnen gleich», erklärte sie mit entwaffnender Natürlichkeit, «um weder Ihre noch meine Zeit zu verschwenden.»

Mrs. Glass brauchte ein paar Sekunden, ehe sie begriff. Dann, als die Tür mit höflicher Bestimmtheit in ihre Richtung schwenkte, begann sie fröhlich zu lachen. «*Ach so!* Sie sind Mrs. Corey? Ich bin Stella Glass, Ihre Nachbarin von gegenüber, und ich will Ihnen nichts verkaufen. Ich kam nur auf einen Sprung herüber, um Ihnen guten Tag zu sagen.»
Einen Moment lang schien Mrs. Corey zu glauben, daß dies somit geschehen sei, doch dann öffnete sie die Tür wieder ganz und sagte freundlich: «Das ist sehr nett von Ihnen. Möchten Sie nicht eintreten, Mrs. Glass?»
Mrs. Glass trat ein. Sie interessierte sich brennend für diese arme alte Seele, die niemals Besuch bekam, die ganz ungeniert Solitaire spielte oder an einem Tisch rechts von der Eingangstür las.
Wie viele Bewohnerinnen des amerikanischen Südwestens, so inspizierte auch Mrs. Glass ein fremdes Haus mit der unverblümten Neugier eines Kindes, das sich das Spielzeug eines anderen Kindes zeigen läßt. Mit wachen, begierigen Augen sah sie sich um.
Zwci blanke Gegenstände erregten ihre Aufmerksamkeit. In dem länglichen, schattigen Raum zogen sie ihre Blicke ebenso zwangsläufig an, wie wenn es hellstrahlende Lampen gewesen wären.

Bei dem einen Gegenstand handelte es sich um einen silbernen – Semmelwärmer? – auf einem niedrigen Bücherschrank. Geschlossen hätte er wie eine Riesenmuschel auf Beinen ausgesehen. Doch die beiden Hälften waren zurückgeklappt, und das Innere füllte eine Schale mit Stiefmütterchen.
Das andere war ein massiver vergoldeter Adler, der auf dem Kaminsims hockte und eine kalten Glanz verströmte. Das grausame Profil, die halbausgebreiteten Schwingen und die gespreizten Klauen wirkten selbst noch in ihrer metallenen Starre bedrohlich.
Mrs. Glass, die Blumen in Vasen stellte, wohin sie gehörten, wußte nicht recht, was sie von dem silbernen Objekt halten sollte. Der Adler war ihr schon vertrauter, sein Abbild in Miniaturformat hatte sie bereits als Verzierung auf Spiegelrahmen gesehen. «Das ist bestimmt alter Kolonialstil», meinte sie, indem sie näher an den Kamin herantrat und emporblickte.
Mrs. Corey bestätigte ihr Urteil – der Adler sei sogar schon sehr, sehr alt. Nach einem Moment der Verlegenheit forderte sie ihre Besucherin auf, Platz zu nehmen.
Mrs. Glass nahm Platz. Ihr Polizistenblick hatte mittlerweile eine Anzahl anderer Dinge im Raum registriert. Doch abgesehen davon, daß sie sich in ihrer Überzeugung bestärkt fühlte,

ein Eremitendasein sei sowohl gefährlich als auch trostlos, verspürte sie noch eine andere Empfindung, deren wahre Natur sie sich nur ungern eingestand. Mrs. Glass war beeindruckt.
Im Verlauf der nächsten zehn Minuten entlockte sie ihrer Gastgeberin die Auskünfte, daß sie Witwe sei, ihre Jugend im Osten des Landes verbracht hatte und – dieses Bekenntnis kam nur sehr zögernd über ihre Lippen – ja doch, die neue Griffin-Siedlung fände sie sehr schön. Natürlich sei es etwas ganz anderes als die freien Felder, die sich vorher jenseits der Hauptstraße erstreckt hatten.
«Sie müssen uns besuchen und sich unser Haus anschauen», sagte Mrs. Glass, indem sie die geschickt aufgebaute Falle zuschnappen ließ. «Bei mir gibt es jederzeit Kaffee, und meine Nachbarin wird Ihnen bestimmt gefallen. Sie heißt Helen Spenlow und stammt auch aus dem Osten. Wer weiß, vielleicht haben Sie viele gemeinsame Bekannte.»
Ein sonderbarer Ausdruck huschte über Mrs. Coreys Gesicht. Mit einer geübten Geste, die Mrs. Glass nicht wenig überraschte, zündete sie sich eine Zigarette an. Danach machte sie Anstalten, sich zu erheben. «Es war sehr freundlich von Ihnen, bei mir hereinzuschauen, Mrs. Glass, aber wenn Sie mich jetzt bitte entschuldigen wollen? Vormittags arbeite ich immer, wissen Sie?»

Mrs. Glass sperrte die Augen auf.
«Ich schreibe meine Memoiren», erklärte Mrs. Corey.
«Natürlich werden sie alle schrullig – sie können nichts dafür», sagte Mrs. Glass zu Helen Spenlow. «Doch abgesehen von der Sache mit den Memoiren ist sie sehr auf Draht, wirklich, und ziemlich intelligent. Es kommt darauf an, sie zum Ausgehen zu bewegen und sie *unter Menschen zu bringen.* Überlassen Sie das mir...»

Am nächsten Tag klopfte sie wieder an Mrs. Coreys Tür. Als geöffnet wurde, trällerte sie fröhlich: «Wo haben Sie Ihren Mantel? Ich wollte Sie zu einer Ausfahrt abholen.»
«Ausfahrt?» wiederholte Mrs. Corey. Sie blickte so verblüfft drein, als sei die Erfindung des Automobils ohne ihr Wissen vonstatten gegangen. «Wohin?»
«Egal, wohin.» Mrs. Glass machte eine weitausholende Geste. «Es ist herrliches Wetter und Sie haben doch sicher einige Einkäufe zu erledigen – ich habe jedenfalls Besorgungen vor. Kommen Sie. Es wird Ihnen guttun.»
«O nein», erwiderte Mrs. Corey beinahe ängstlich. «Ich danke Ihnen vielmals, aber ich bleibe lieber hier. Ich muß arbeiten, wissen Sie?»
«Die Arbeit läuft Ihnen nicht davon», winkte Mrs. Glass ab.

Eine feine Röte kroch in die runzligen Wangen. «Um die Wahrheit zu sagen, Mrs. Glass, ich gehe nur sehr selten aus. Am liebsten bin ich zu Hause. Mir genügt meine eigene Gesellschaft. Außerdem», setzte Mrs. Corey der Höflichkeit halber hinzu, «fühle ich mich heute nicht besonders wohl.»
Sie fühlt sich nicht wohl, sinnierte Mrs. Glass, während sie den grasbewachsenen Weg zurückschritt, und hockt mutterseelenallein und ohne Telefon in einem Haus. (Ein Anschluß existierte nicht, das hatte sie überprüft.) Wenn das nicht gefährlich war! Angenommen, die alte Dame stürzte unglücklich oder erlitt einen Herzanfall? Gewiß, sie wirkte rüstig, doch gerade die, die am wenigstens gebrechlich zu sein schienen, waren oft am anfälligsten.
Unverzüglich begann Mrs. Glass mit der Zubereitung eines nahrhaften Puddings.

Das hatte sich an einem Mittwoch zugetragen. Am Donnerstag regnete es. Ein böiger Wind blies den dichten Sprühregen vor sich her, der zuweilen aussah, als sei er mit Schnee vermischt, wenn die Blüten der Apfel- und Kirschbäume vom gegenüberliegenden Grundstück über die Straße wehten.
Mrs. Glass, die müßig aus dem Fenster ihres gemütlichen Wohnzimmers schaute, entdeckte

plötzlich zu ihrem Entsetzen die kleine, stämmige Gestalt Mrs. Coreys, wie sie sich mit einer Hacke über den verwilderten Rasen hermachte. Wie die Alten den Tod regelrecht herauszufordern schienen! In dieser Hinsicht war es ja verständlich, doch es widersprach der christlichen Ethik.

Eilig schlüpfte Mrs. Glass in einen Regenmantel, band sich ein Kopftuch um und überquerte die naßglänzende Straße.

Die Grünflächen der Griffin-Siedlung bestanden hauptsächlich aus Kakteengewächsen, und den Boden hatte man vernünftigerweise mit zerkleinertem Naturstein abgedeckt. Mrs. Coreys gärtnerische Bemühungen erstreckten sich dagegen auf ein verwahrlost aussehendes Irisbeet und vereinzelt sprießende Narzissen, die so planlos gepflanzt schienen, als habe jemand eine Handvoll Perlen verstreut.

«Meine gute Mrs. Corey!» keuchte Mrs. Glass. «Hier draußen in der Kälte und dem Regen werden Sie sich noch den Tod holen. Also wirklich!»

Mrs. Corey hielt mit dem Hacken inne. Die Augen unter dem weißen Haarschopf, der zur Zeit zwar feucht und strähnig, aber dennoch stolz aufgetürmt war, als rüste sie sich für einen Abend im Theater, blickten Mrs. Glass durchdringend an. «Ich halte mich gern draußen im Regen auf, Mrs. Glass. Ich bin ziemlich robust.»

Tatsächlich hieb sie auf die feuchte Erde des Irisbeets mit einer Kraft ein, die um den Stiel der Hacke fürchten ließ.
«Dann müssen Sie mir gestatten, daß ich Ihnen helfe», erklärte Mrs. Glass bestimmt. «Warten Sie, besitzen Sie einen Pflanzenheber oder einen kleinen Handkultivator?»
Schweigend betrachtete Mrs. Corey ihr eigenwilliges Blumenbeet, und voller Mitgefühl vergegenwärtigte sich Mrs. Glass, daß das kleine Gesicht plötzlich spitz und eingefallen aussah.
«Ich glaube, Sie haben recht», Mrs. Coreys Stimme klang erschöpft. «Ich werde lieber ins Haus zurückgehen. O nein – bitte, mir fehlt nichts. Im Wohnzimmerkamin brennt ein Feuer, und ich wechsle auch gleich die Schuhe ...»
Doch am Freitag vermerkte Mrs. Glass' wachsames Auge, daß die alte Dame ihr Haus überhaupt nicht verließ. Nicht einmal dann, als das Postauto mit quietschenden Reifen vor ihrem Briefkasten hielt, was ohnehin selten genug vorkam. Obendrein blieb das Fenster, an dem man sie häufig Solitaire spielen sah, verhängt, wie wenn ein Kranker im Zimmer ruhte.
Um zwei Uhr nachmittags konnte Mrs. Glass es nicht länger aushalten. Mit Kopftuch und Mantel gegen den stürmischen Wind geschützt, überquerte sie die Straße, schritt den Pfad entlang und klopfte an die Eingangstür.

Auf jemand anderen hätte das stille Haus die Wirkung eines Tierbaus gehabt, in dem sich eine zutiefst erschrockene Kreatur totstellt. Mrs. Glass hingegen witterte sogleich eine jener Katastrophen, die für hilfreiche Nachbarn wie geschaffen sind.
Sie klopfte zwei weitere Male, und nachdem sie ihren Mund dicht an die Türritze gebracht und «Mrs. Corey?» gerufen hatte, ohne eine Antwort zu bekommen, rüstete sie sich besorgt, das Haus zu umkreisen.
Sie begegnete einem verhängten Fenster nach dem anderen, und nichts rührte sich auf all ihr Klopfen und die Rufe.
Das kam davon, dachte sich Mrs. Glass mit aufkeimendem Groll, wenn ältere Leute sich von ihrer Umwelt abkapselten. Wer half ihnen dann, wenn sie krank wurden oder sich ernstlich verletzten?
Ihr Auge hatte sich so an die geschlossenen Vorhänge gewöhnt, daß sie erst mit einiger Verzögerung bemerkte, wie sich an einem der rückwärtigen Fenster hinter einem schmalen, offenen Spalt etwas bewegte.
Sie gewahrte einen matten Lichtschimmer, der nur von einer Lamper herrühren konnte. Indem Mrs. Glass ein Auge zukniff und mit dem anderen angestrengt durch den Vorhangschlitz spähte, erkannte sie eine Hand, die nur die von

Mrs. Corey sein konnte. Die Finger hielten eine brennende Zigarette.
Während Mrs. Glass schaute, hob sich die Hand, und ausgeblasener Rauch kräuselte sich hernieder; alsdann wanderte die Zigarette zu einem Aschenbecher, der außerhalb ihres Blickfeldes lag. Auf Zehenspitzen machte sich Mrs. Glass davon, obwohl der Wind, der ihr Klopfen und ihre Rufe verschluckt hatte, das gleiche mit ihren Schritten getan hätte.
Sie fühlte sich wie ein Missionar, der heimlich einen tanzenden Kannibalen beobachtet – schockiert, doch voll grenzenlosen Mitleids.
Es lag auf der Hand, was passiert sein mußte. Ganz auf sich allein gestellt, Gott weiß wie viele Jahre lang nur von leeren, windbestrichenen Feldern umgeben, hatte die arme Frau ihren Bezug zur Realität verloren. Allein das Fehlen einer anderen menschlichen Stimme forderte seinen Tribut. Man stelle sich nur ihre Angst vor, auf eine Ausfahrt mitgenommen zu werden, und dann die rührende Antwort: «Ich gehe nur sehr selten aus; am liebsten bin ich zu Hause. Mir genügt meine eigene Gesellschaft.»
Die Griffin-Siedlung war gerade noch rechtzeitig gebaut worden. Von Stund an wurde Mrs. Glass nicht müde, Mrs. Corey aus ihrem Schnekkenhaus zu locken. Ihren wortkargen und ungeselligen Ehemann konnte sie nicht zum Ver-

bündeten gewinnen, und ihre neuen Freunde, die Spenlows, waren in Urlaub gefahren.
Trotz der Tatsache, daß die Griffin-Siedlung von Kindergekreisch widerhallte, war eine gewisse Mrs. Demarest die einzige junge Mutter, die Mrs. Glass zu fassen bekam. Nachdem sie in den sozialen Problemfall von der anderen Straßenseite eingeweiht war, erwiderte sie versonnen: «Sie lebt also ganz für sich allein? Ohne irgendeinen anderen Menschen? Wie herrlich.»
Einen Tag nach ihrer unheimlichen Klausur ging Mrs. Corey – als sei nichts geschehen – zu ihrem Briefkasten. Sofort war Mrs. Glass mit einem Kuchen bei ihr. Die höflichen Bedenken hinsichtlich ärztlicher Anweisungen und Diätvorschriften prallten ergebnislos an Mrs. Glass ab.
«In diesem Kuchen ist nichts, was auch nur einer Fliege ein Leid antun könnte», verkündete sie resolut. «Er wird Ihnen guttun – bestimmt. Ach, und wegen dieses alten Tellers brauchen Sie sich nicht zu bemühen. Ich hole ihn ab, wenn ich gelegentlich bei Ihnen vorbeischaue. Es tut mir schrecklich leid, aber jetzt muß ich mich sputen.»
Am nächsten Tag hatte Mrs. Glass eine Idee, die ihr schon längst hätte kommen müssen. Mrs. Corey sehnte sich nach jemand aus ihrer eigenen Generation – natürlich nach einem Menschen, mit dem sie Erinnerungen austauschen konnte, der sich in der gleichen Situation be-

fand wie sie. Die ideale Person wäre eine Witwe. Mrs. Glass' Tante Mildred war beträchtlich älter als Mrs. Corey – Tante Mildred war bereits über achtzig, aber eine Seniorin, auf die jeder stolz sein konnte.

Sie gehörte den *Geselligen Achtzigern* und dem *Oldtimer Club* an, in dem sie vergangene Weihnachten bei einem Volkstanzwettbewerb den ersten Preis gewonnen hatte. Ihr Alter tat ihrer Lebensfreude keinen Abbruch.

Sie interessierte sich für Mode, für Preise sämtlicher Waren und für ihre Mitmenschen generell – sind das Ihre eigenen Zähne?

Sie konnte richtig drollig sein, die treue Seele. Bei Tante Mildred – so lautete Mrs. Glass' feste Überzeugung – taute jeder auf.

Also fuhr sie ins Hochland und brachte ihre Tante für einen Tag herunter. Es herrschte mildes, sonniges Wetter, die vollbelaubten Bäume warfen satte, erquickende Schatten – an einem solchen Tag hielt es selbst Mrs. Corey nicht drinnen.

Und wirklich – sie kam. Besser gesagt, sie ging, denn nur weil Mrs. Glass ständig wachsam auf der Lauer lag, erspähte sie die kleine Gestalt, die das Haus durch die Hintertür verließ. Unter dem Arm trug sie etwas, das ein zusammengeklappter Liegestuhl zu sein schien.

«Ach, Tante Mildred», zwitscherte Mrs. Glass, indem sie sich vom Fenster abwandte. «Ich möchte dich gern mit einer Nachbarin bekannt machen.»

Mrs. Glass fand, alles liefe wie am Schnürchen. Mrs. Corey brachte zwei weitere Liegestühle nach draußen, kredenzte Tom Collinses, und plaudernd saß man unter der großen Pappel beisammen.

Wenigstens zu Anfang, denn durch den Genuß von Alkohol sank Tante Mildred in einen friedlichen Schlummer, aus dem sie zuweilen hochschreckte und dann mit scharfer Stimme fragte: «Wer? Was haben Sie gesagt?», um gleich darauf wieder einzunicken.

Mrs. Corey betrachtete sie gedankenverloren. «Eine ungewöhnliche Frau», meinte sie, und eifrig griff Mrs. Glass diesen Faden auf. «Ja, nicht wahr? Sie ist so lebenslustig, auch jetzt noch. Heute ist sie ein bißchen müde – die lange Fahrt –, aber ich merke schon, daß sie Sie gern leiden mag. Ich glaube, Sie beide werden noch dicke Freundinnen. Bestimmt können Sie –»

«Wer?» fragte Tante Mildred in ziemlich ruppigem Ton. «Ich habe gehört, was gesprochen wurde. Ich bin nur –»

Ihr Kinn sackte wieder herab. Mrs. Corey deutete ein Lächeln an und erhob sich. «Sie dürfen Ihren Kuchenteller nicht vergessen», sagte sie ruhig und begab sich ins Haus.

Mrs. Glass weckte ihre Tante, denn die Schatten wurden länger, und beide bedankten sich bei ihrer Gastgeberin, als diese mit dem Kuchenteller aus dem Haus auftauchte.
Bei ihrem Abschied blickte Mrs. Corey ganz wehmütig drein, dachte Mrs. Glass triumphierend. Und wirklich lag in den Augen, die auf einmal tief eingesunken wirkten, ein beinahe trauriger Ausdruck.
Der Nachmittag war so einschläfernd gewesen, daß Mrs. Glass sich einbildete, sie höre Mrs. Corey murmeln: «Es ist Notwehr.»
Doch als sie sich fragend umwandte, starrte Mrs. Corey auf den Holzzaun, der die Griffin-Siedlung umgab. «Ein schöner Zaun», meinte sie.
Mrs. Glass' Tante war von Mrs. Corey überaus angetan. Sie erinnere sie an ein Mädchen auf einem Debütantinnenball in Chicago, erzählte sie. Die gleichen braunen Augen und der gleiche Gesichtsschnitt. Aber das Mädchen sei mit einem Taugenichts durchgebrannt, obschon sie aus einer sehr guten Familie stammte, und man hatte nie wieder etwas von ihr gehört.
«Sie muß mich unbedingt besuchen und die anderen Mädels kennenlernen», bestimmte sie.
Ausgerüstet mit der Einladung ihrer Tante marschierte Mrs. Glass zum Haus auf der anderen Straßenseite.
Man muß das Eisen schmieden, solange es heiß

ist, dachte sich Mrs. Glass, und zweifelsohne hatte man in Mrs. Coreys Mauer aus Einsamkeit bereits eine erste Bresche geschlagen. Nicht umsonst hatte die alte Dame so nachdenklich ausgesehen, nicht umsonst hatte sie Mrs. Glass mit diesem sonderbaren Blick bedacht. Am Himmel ballten sich Wolken zusammen. Sie hingen so niedrig, daß eine geradezu vorwitzig über den First des Hauses zu lugen schien.

«Diese Wolke müssen Sie bestellt haben», wollte Mrs. Glass scherzhaft sagen. «Denn – kommen Sie nur, und schauen Sie – sie sieht genauso aus wie Ihre Frisur.»

Kräftig klopfte sie an die Tür. Mrs. Corey mußte sich Eichhörnchen halten, denn von oben erklang ein leises, scharrendes Geräusch.

Sie pochte von neuem, gebieterisch; sie wußte selbst nicht, was sie auf einmal veranlaßte, den Blick zu dem kleinen Dach zu heben, das die Eingangstür überragte.

Der metallische Glanz dort oben stammte nicht von der Messinglaterne, die sonst von dem verwitterten Balken hing; nein, es war der große Adler aus vergoldetem Eisen, dessen Kopf sich ein wenig drehte, obwohl sich kein Lufthauch rührte.

Merkwürdig, wunderte sich Mrs. Glass, während der Adler auf sie niederstieß; gestern hatte er noch nicht dort gehang…

Das Haus in der Plymouth Street

Sie hatte das Haus ohne fremde Hilfe gefunden, an diesem kalten Oktobertag in der ruhigen, ländlichen Gegend südlich von Boston.
Das weiße Holzschindelhaus mit den zwei Kaminen und den grauen Läden, offensichtlich sehr alt, wirkte ruhig und gesetzt, wie es da auf der kleinen Anhöhe abseits der Straße unter den Ulmen stand. Mrs. Tyrell fehlte es an der Unverfrorenheit, einfach an fremde Türen zu klopfen und nach verkäuflichen Grundstücken zu fragen … Aber in einer Ecke nahe der Straße war ein großes junges Mädchen in einem blauen Parka, das lustlos unter einem rotgolden strahlenden Hickorybaum Blätter zusammenrechte.
Mrs. Tyrell hatte Bonnet dabei, den großen Airedale, vor dem die derzeitige Babysitterin eine lächerliche Angst hatte, aber nicht seine Leine. Sie schlug ihm die Wagentür vor den erwartungsvoll zitternden Schnurrbarthaaren zu und ging zu dem Mädchen, das sich auf den Rechen stützte und ihr entgegensah.
Für ihr Alter, schätzungsweise zwischen sechzehn und achtzehn, hatte sie ein farbloses und überraschend fades Gesicht.
«Hallo», sagte Mrs. Tyrell gegen ihren Willen so munter wie eine Krankenschwester. «Mein

Mann und ich suchen hier in der Gegend ein Haus – Cresset scheint ein sehr hübscher Ort zu sein –, und ich wollte fragen, ob Sie zufällig ein Haus wissen, das zum Verkauf steht, vielleicht mit etwas Grund.»
An den Augen stimmte etwas nicht, als wären die hellblauen Iris gesprungen und nur unvollkommen wieder geheilt. Zurückgeblieben, dachte Mrs. Tyrell, und es gab ihr einen Stich wie jeder Frau mit zwei gesunden, klaräugigen Kindern. Und doch nicht ganz so jung, mindestens neunzehn, vielleicht auch zwanzig.
«Ich frage meine Mutter», sagte das Mädchen. Sie ließ den Rechen in den Haufen brauner Blätter fallen und lief zum Haus, ehe Mrs. Tyrell etwas dagegen einwenden konnte.
Was sie eigentlich vorgehabt hatte, wie sie, leicht verwirrt, fünfzehn Minuten später merkte. «O nein, machen Sie sich keine Umstände», hätte sie prompt gesagt, wenn auch nur eine halbe Sekunde Zeit dazu gewesen wäre.

Es kam gelegentlich vor, daß jemand beim Austernessen auf eine Perle biß, irgend jemand gewann jeden Sonntag in der Lotterie – und dieses Haus mit sechs Morgen Grund, zu denen ein Waldstück gehörte, stand fast genau für den Preis zum Verkauf, den die Tyrells für sich angesetzt hatten.

Die Frau, die sich als Helen Wadsworth vorstellte, teilte ihr das mit einigem Widerstreben mit, während sie auf dem Bürgersteig stand und in der beißenden Kälte einen Mantel um sich zog.
«Es kam alles sehr unerwartet. Die Firma meines Mannes hat ihn praktisch ohne Vorwarnung nach Kalifornien versetzt, und das Haus ist noch gar nicht richtig vorzeigbar. Wenn Sie später in der Woche noch einmal wiederkommen möchten ...»
Mrs. Tyrell betrachtete das kalte, doch gutgeschnittene Gesicht, das, umrahmt von schwarzem Haar mit unübersehbaren grauen Strähnen, in seiner Ungeschminktheit beinahe herausfordernd wirkte, und war überzeugt, daß dies keine schamhafte Anspielung auf ungespültes Geschirr oder versäumtes Staubwischen war. Ebenso überzeugt war sie, während sie so nahe der Haustür stand, neben der dichtes Geißblatt wucherte, daß sie, sollte sie jetzt wegfahren, bei ihrer Rückkehr erfahren würde, daß man ihr das Haus während ihrer Abwesenheit vor der Nase weggeschnappt hatte.
Freundlich drängend sagte sie: «Mrs. Wadsworth, ich habe in den letzten zwei Monaten so viele Häuser besichtigt, daß ich nur noch auf das absolut Wesentliche schaue. Ich suche nicht wahllos herum, wirklich nicht. Wir wissen ge-

nau, was wir wollen. Ich würde Sie höchstens ein paar Minuten in Anspruch nehmen.»

Es war weit mehr als das.

Mrs. Wadsworth öffnete die Tür, trat zur Seite, folgte der Besucherin ins Haus, sagte nach einem kurzen Zögern: «Entschuldigen Sie mich.» Und ging rasch davon. Mrs. Tyrell, die mit Gefallen die breiten Bodendielen, den tiefen offenen Kamin, den Blick durch die fünf weißgerahmten Fenster wahrgenommen hatte, lauschte ungeniert.

Sie hörte, wie ein Kühlschrank geöffnet wurde, dann das Knistern und Rascheln einer Papiertüte, die Worte: «Bring die doch rüber zu Mr. und Mrs. Hopkins. Die vergessen das Mittagessen bestimmt, wenn niemand sie daran erinnert.»

Es war mehr Befehl als Vorschlag und wurde sofort ausgeführt. Mrs. Tyrell war unerklärlicherweise erleichtert, als sie das Zufallen einer Tür hörte.

Mrs. Wadsworth, die zurückkam, sagte kurz: «Meine Tochter weiß natürlich, daß ich das Haus verkaufe, sie weiß allerdings nicht, wie bald schon. Ja, also das ist das Wohnzimmer, wie Sie sehen ...»

So aufrichtig Mrs. Wadsworth in bezug auf den Zustand des Hauses gewesen war – beinahe jedes Zimmer war irgendwie in Aufruhr –, so ehrlich war Mrs. Tyrell ihrerseits gewesen. Wochen der Besichtigung hatten sie gelehrt, Farbanstrich zu ignorieren, Tapeten herunterzureißen, Möbelstücke hinauszuräumen, so daß nur noch der eigentliche Raum mit seinen Proportionen blieb.

Unten waren neben dem Speisezimmer, das ebenfalls einen offenen Kamin hatte, und der Küche – noch von würzigem Geruch erfüllt – das Elternschlafzimmer, ein Badezimmer und eine Kammer, genau das richtige Kinderzimmer für den jetzt drei Monate alten Damon. Oben – Mrs. Tyrell verschob die Besichtigung der angebauten Scheune für den Augenblick, sie würde, meinte sie, hauptsächlich Neil und vielleicht die fünfjährige Annie interessieren – waren ein hübsches Eckzimmer mit offenem Kamin und anschließendem Bad und ein sehr großes Gästezimmer, an dessen einer Wand ein auf Schragen gestellter Zeichentisch stand. Eine Tür hinten im Raum führte in eine lange, schmale Mansarde.

Es war eine altbekannte Tatsache, daß es Immobilienmaklern lieber war, wenn die Eigentümer bei Hausbesichtigungen nicht dabei waren; in ihrem Eifer neigten Eigentümer nämlich zu Äußerungen wie: «Wir lieben das Haus, es würde uns nicht im Traum einfallen, es zu verkaufen, wenn der Arzt nicht meiner Frau mit

ihrer Arthritis dringend ein trockeneres Klima empfohlen hätte.»
Mit dieser Eigentümerin, dachte Mrs. Tyrell, hätten sie unbesorgt sein können. Mrs. Wadsworth, die eine Tür nach der anderen öffnete, war so unpersönlich, als besichtige sie selbst fremdes Terrain. Es war eine Überraschung, als sie, angesichts des auf Schragen stehenden Tisches, plötzlich sagte: «Als wir hierherzogen, wohnte meine Mutter bei uns. Sie züchtete Usambaraveilchen, aber dann zog sie nach Dedham.»
Aus irgendeinem Grund hörte sich das an wie mutwilliges Einkratzen in einen Grabstein. Sie stand auf dem oberen Treppenabsatz. Mrs. Tyrell warf ihr einen neugierigen Blick zu und reckte beim Klang eines nasalen Brüllens den Hals, um zum Fenster hinaussehen zu können.
«Das ist das Kalb der Pattillos nebenan.» Mrs. Wadsworth deutete nickend auf eine schmucke rote Scheune, die hinter Bäumen sichtbar war. «Sie sind aus New York. Eine Zeitlang hielten sie sich Schweine und Truthähne – ich vermute, sie wollten zum einfachen Leben zurückkehren, obwohl man das niemals ahnen würde, wenn man sie sieht.»
Der marmorkalte Mund zuckte jetzt leicht – vor Erheiterung? Geringschätzung?
«Inzwischen haben sie einen Laden aufgemacht, wo sie Bücher und allerhand Krimskrams ver-

kaufen, und halten sich nur noch das Kalb und ein paar Hühner. Wir holen uns dort immer die Eier.»
Zurück zur Sache. «Möchten Sie die Scheune sehen?»
Mrs. Tyrell hatte eigentlich kein Interesse an der Scheune – sie wußte schon, ehe sie die Treppe hinaufstiegen, daß sie dieses Haus haben mußten –, aber sie sagte ja, weil Neil sicherlich alle Einzelheiten würde wissen wollen, wenn sie ihn in London anrief. «Aber erst möchte ich nach dem Hund sehen. Ich habe ihn im Wagen und müßte ihn eigentlich –»
«Es wäre mir lieber, Sie würden den Hund nicht herauslassen», unterbrach Mrs. Wadsworth freundlich, aber mit leichter Schärfe. «Meine Tochter ist stark allergisch. Oh, ich weiß, gleich unten an der Straße sind auch Hunde. Ja, wenn Nancy meint, sie müßte einen von uns strafen, geht sie hin und läßt die Hunde absichtlich an sich heran. Dann kann sie tagelang, manchmal sogar eine ganze Woche oder länger, ohne Tabletten kaum atmen.»
Sie stellte es ohne Groll oder gar Tadel fest, einfach als eine Tatsache, mit der man leben mußte. «Ich kann sie nicht daran hindern, und ich habe keine Kontrolle über streunende Hunde, aber was ich tun kann, das tue ich.»
«Das verstehe ich natürlich», sagte Mrs. Tyrell

mit einer plötzlichen Anwandlung von Schuldbewußtsein beim Anblick des blassen, freudlosen Gesichts. «Dann beeile ich mich eben jetzt.»
Die Scheune, hinter deren Schiebetür ein grauer Ford stand, hatte nur hoch oben zwei kleine Fenster, durch die das Tageslicht hereinfiel. Es war bitterkalt drinnen. Abgesehen von den Werkzeugen und Farbtöpfen, die zu erwarten waren, standen hier eine mit Gas betriebene Gartenfräse und eine Mähmaschine, der Mrs. Tyrell einen unkundigen, aber nachdenklichen Blick schenkte. Vor dem Haus war fast ein halber Morgen Rasen und hinten noch einmal ein breiter Streifen, ehe die Wiese, auf der kleine Obstbäume standen, in Wald überging.
Hinten in der Scheune war eine Tür, jetzt angelehnt, durch die man über eine Holzrampe in einen Stall hinuntergelangte, den Mrs. Tyrell, die inzwischen schon vor Kälte zitterte, nicht mehr besichtigen wollte. Und sie fand es auch überflüssig, sich den Keller anzusehen. Die Heizung (Gas, wie sie erfuhr) funktionierte offensichtlich, und sachkundige Fragen hätte sie sowieso nicht zu stellen gewußt.
Auf dem Weg durch den Gang zurück zur Küche sagte Mrs. Tyrell, da ihr Mann im Ausland sei, würde sie wenigstens der Form halber gern seinem Onkel das Haus zeigen. «Würde es Ihnen morgen vormittag passen?»

«Sicher», antwortete Mrs. Wadsworth. Da konnte sie inzwischen die verschiedenen Unterlagen heraussuchen, die zum Haus gehörten, den Garantieschein und den Servicevertrag für die neue elektrische Pumpe – im Frühjahr drang in die Keller der älteren Häuser hier regelmäßig Wasser ein – sowie sonstige Dokumente, die sie vom eigenen Kauf des Hauses vor etwa einem Jahr noch hatten.

Ihre Gleichmütigkeit beunruhigte Mrs. Tyrell. Was, wenn sie schon diese Suche nach Papieren lästig fand und vorhatte, statt dessen an Bekannte zu verkaufen, die mit den Einzelheiten schon vertraut waren? Nervös angesichts der Bedeutungsschwere des Moments schrieb sie mit flatternden Fingern einen Scheck über tausend Dollar und setzte auf die dafür vorgesehene Zeile «Anzahlung für Plymouth Street Nummer 849». Mrs. Wadsworth schrieb ihr eine Quittung. Im Bewußtsein der zweifellos mißlichen Lage ihres Hundes im Wagen beschränkte Mrs. Tyrell ihre weiteren Fragen auf ein Minimum. Sie und Neil hatten sich bereits über die Schulen verschiedener Orte in dieser Gegend, darunter auch Cresset, informiert. Sie schrieb sich den Betrag der Hypothek auf und den Namen der Bank, bei der sie aufgenommen worden war, die Höhe der Grundsteuern und die Quadratmeterzahl von Haus und Grundstück.

An der Küchentür drehte sie sich noch einmal um, um einen letzten Blick auf den fernen Wald zu werfen, ein Gewebe aus tiefem Grau, hier und dort von Rot und Gelb durchsetzt.
«Ich hoffe, es ist nicht zu schlimm für Ihre Tochter», sagte sie impulsiv.
«O nein. Nancy hat ihren Stiefvater eigentlich sehr gern. Der Gedanke, sich neue Freunde suchen zu müssen, belastet sie ein bißchen», sagte Mrs. Wadsworth freimütig, «aber sie wird sich schon einleben.»
Mrs. Tyrell ging zum Wagen. Langsam, weil sie nach einem Platz Ausschau hielt, wo sie Bonnet hinauslassen konnte, fuhr sie davon. Sie kam am Haus der Pattillos vorüber, und ein Stück weiter, auf der gegenüberliegenden Straßenseite, an den Hunden, die Mrs. Wadsworth erwähnt hatte: zwei Dobermänner, die sich beim zögernden Tuckern des Automotors wachsam im hohen Gras aufrichteten. Sie bewachten vermutlich das Haus an der Ecke, das offensichtlich im Umbau war, obwohl in diesem Augenblick nirgends ein Arbeiter zu sehen war. Mrs. Tyrell betrachtete die schmalen, aufmerksam erhobenen Köpfe und die wie aus Stein gehauen wirkenden Muskeln und war froh um den Maschendrahtzaun; Annie, die mit einem Airedale aufgewachsen war, hatte ein wahrhaft kindliches Vertrauen in jegliche Hunde.

Sie bog nach rechts ab in eine Straße voll gelber Blätter und fand am Rand eines Wäldchens eine Lichtung für Bonnet. Es war ein Teil *ihres* Wäldchens, wie Mrs. Tyrell mit freudiger Überraschung feststellte. Ein paar Minuten später war sie auf dem Heimweg, nachdem sie eine Besichtigung des Ortskerns aufgeschoben hatte, weil sie der Babysitterin versprochen hatte, spätestens um vier zurück zu sein.

Damon schlief, von einem köstlichen Mahl aus Kindermilch und durchpassiertem Kürbis gestärkt, unbekümmert in seinem Kinderbett. Annie, so rosig und blond wie er dunkel, wußte von dem Bemühen ihrer Mutter und überfiel sie mit aufgeregten Fragen. Mit einem «Ich glaube, ja, aber wir werden sehen» vertröstet, kauerte sie auf einer Sesselkante, während der Anruf nach London gemacht wurde.

Mrs. Tyrell hatte auf der Heimfahrt gründlich nachgedacht. Es stimmte wahrscheinlich, daß das Haus auch zum Zeitpunkt von Neils Rückkehr in knapp zwei Wochen noch zu haben sein würde. Viele Leute wollten gar nicht so viel Raum, sei es nun drinnen oder draußen, oder mißtrauten automatisch allem, was nicht nagelneu war, oder zogen es vor, sich in die beengte Geborgenheit einer Wohnsiedlung zu kuscheln. Ebenso zutreffend war aber, daß jeder Immobilienmakler, der von dem geplanten Verkauf Wind bekam, Mrs. Wadsworth zu einigen vernünftigen Schönheitsreparaturen drängen würde. Unkosten von vielleicht fünftausend Dollar würden sich dann in einem Hochschnellen des Preises um sicherlich zehntausend Dollar niederschlagen.

Neil, dem sie das Haus in jeder Einzelheit beschrieb, stimmte ihr zu. Sie waren sich völlig einig darüber, was für ein Haus sie wollten und wie es gelegen sein sollte. Er hatte ihr deshalb auch gleich gegengezeichnete Schecks dagelassen.

«Es gefällt dir wirklich, nicht wahr?»

«Ach, Neil! Erinnerst du dich an das Haus in Cohasset, das wir im Auge hatten und dann nicht genommen haben, weil es so abgelegen war? Es kommt an dieses hier überhaupt nicht heran.»

Vom Besonderen zum Allgemeinen – den Kindern, der Konferenz, dem Londoner Wetter. Der Barkeeper im *Little Mayfair* erinnerte sich an Mrs. Tyrell von einer früheren Reise, damals war Annie drei gewesen, und ließ ihr Grüße bestellen.

Dann: «Zeig Charlie das Haus auf jeden Fall, ehe du den Vertrag machst, ja?»

«Das wollte ich sowieso. Willst du mal mit Annie sprechen? Sie sitzt hier ganz brav neben mir. Ich ruf dich dann später wieder an und erzähl dir alles.»

Charlie Tyrell war Neils Onkel, der sich mit sechzig vergnügt zur Ruhe gesetzt hatte, nachdem er sich vorher in diversen Berufen, darunter dem des Bauunternehmers, erfolgreich versucht hatte. Er würde wissen, wo bei einem alten Haus die kritischen Punkte saßen, und sich mit Versitzgruben und ähnlichen Exotika auskennen.
Als sie ihn am Abend um sieben erreichte, versicherte er ihr, daß er mit Vergnügen am folgenden Morgen nach Cresset hinauskommen würde, jedoch um eins eine Verabredung in Boston hätte, die er unbedingt einhalten müsse, ob man also nicht mit zwei Autos fahren sollte?
Am Morgen wollte Annie unbedingt mit. Sie war ein ungewöhnlich braves und umgängliches Kind, aber selbst die vernünftigsten Fünfjährigen können unerträglich werden, wenn sie sich langweilen. Mrs. Tyrell versprach ihr, ein Foto mitzubringen.
«Weißt du, wir müssen da viel Geschäftliches reden, und du hättest dann die ganze Zeit nichts zu tun. Außerdem mußt du hierbleiben und dafür sorgen, daß Bonnet Miss Coates keine Angst macht.»
Beide Argumente waren stichhaltig. Unter ihnen lauerte etwas, dessen sich Mrs. Tyrell so sehr schämte, daß sie es hastig zudeckte, sogar vor sich selbst.
Sie war nicht verwundert, Charlies schnittigen

dunkelgrünen Jaguar vor sich in der Plymouth Street zu sehen; er hatte die Gewohnheit zu fahren, als wäre er auf dem Weg zum nächsten Boxenstopp. Sie hatte sich auf eine gewisse Enttäuschung, ja, sogar ernsthafte Zweifel bei dieser zweiten Besichtigung des Hauses gefaßt gemacht. Statt dessen nahm sie mit Wertschätzung und fast schon Besitzerstolz Einzelheiten wahr, die ihr vorher nicht aufgefallen waren: die separate Haustür, die direkt auf die Treppe zuging, die schwarze Umrandung der weißen Kamine – zur Abwehr von Hexen, wie es in einer Legende Neuenglands hieß.

Nancy ließ sie herein. Das Haar, das am Tag zuvor unter der Kapuze des Parkas versteckt gewesen war, war zu dicken dunklen Zöpfen geflochten, die sie zwei, drei Jahre jünger aussehen ließen, und ihr ziemlich plumpes Gesicht glänzte so von Wasser und Seife, daß es einen schwachen Abglanz des kirschroten Pullovers annahm, den sie zu den Jeans trug.

Sie ließ sich in einen Sessel fallen, ohne Mrs. Tyrell einen Platz anzubieten.

«Ich soll Ihnen von meiner Mutter sagen, daß sie unten im Keller sind.»

«Ach, da käme ich ihnen nur in die Quere», meinte Mrs. Tyrell und setzte sich auf eine Armlehne der Couch. «Ich glaube, ich warte lieber hier, wenn es Sie nicht stört.»

Der gesprungene Blick richtete sich mit unverhohlener Neugier auf sie.
«Haben Sie Ihren Hund dabei?»
«Nein, der fährt nicht so gern Auto.» Es war eine Lüge, die Bonnet tief bekümmert hätte.
Von unten konnte man Schritte hören, knirschend auf Beton, dann auf der Treppe, die zu der Tür im Eßzimmer führte. Nancy starrte stirnrunzelnd auf den Teppich, als wüßte sie jetzt, wo sie verschwenderisch ihre beiden Äußerungen verbraucht hatte, nicht, was sie tun sollte. Doch plötzlich hellte sich ihr Gesicht auf vor Erleichterung, und sie sagte bestimmt und in vertraulichem Ton: «In Kalifornien wird es mir gefallen.»
«Ja, davon bin ich überzeugt.» Wieder spürte Mrs. Tyrell tiefes Mitleid. Das hatte man dem Mädchen eingebleut wie die Buchstaben des Alphabets. «Ich kenne nur San Francisco, aber es ist eine wunderschöne –»
Die Kellertür hatte sich geöffnet, und jetzt traten Mrs. Wadsworth und Neils Onkel grüßend ins Zimmer.
«Kreuzsolide», bemerkte Charlie mit Bezug auf den Unterbau des Hauses. Sehnig und braungebrannt, mit einem eleganten kleinen grauen Oberlippenbärtchen, sah er aus wie ein Mann, der sein Leben genoß. Der Blick, den er Mrs. Tyrell zuwarf, sagte deutlich, daß er dem Unter-

nehmen ohne Vorbehalte seinen Segen gab, auch wenn er im Augenblick aus taktischen Gründen mit Lobreden zurückhielt.
«Nancy, Kind» – Mrs. Wadsworth war kaum wiederzuerkennen in dem dunklen Wollkleid mit der Perlenschnur; der gemeißelte Mund glänzte in zartestem Rosa –, «hast du dein Zimmer aufgeräumt? Mr. Tyrell hat sich hier unten schon alles angesehen, aber er wird sicher –»
«Aufräumungsarbeiten sind völlig unnötig», fiel Charlie ihr ins Wort und sah dabei Nancy lächelnd an – aber zu spät. Schon war das Mädchen gehorsam aufgesprungen und auf dem Weg zur Tür der Kammer, die Damons Kinderzimmer werden sollte.
«Also –», mit einer Geste zum Sofa hin, die ihre beiden Gäste einschloß, setzte sich Mrs. Wadsworth in einen Sessel neben einem niedrigen Tisch und nahm einige Papiere zur Hand. An der Linken funkelte ein Brillant wie ein kleiner Eiswürfel. «Ich habe gestern abend noch mit meinem Mann gesprochen. Er sagte mir, die Eigentumsrechte müßten zwar noch einmal überprüft werden, diese Unterlagen hier würden aber fürs erste als Beweis des Eigentumsrechts ausreichen ...»
Die geschäftliche Besprechung, vor der Mrs. Tyrell Annie an diesem Morgen gewarnt hatte, war bereits in vollem Gang. Was jetzt an nüch-

ternen Fachwörtern fiel, reichte aus, alle freudige Erregung gründlich zu dämpfen, aber diese Formalitäten mußten sein, und sie war dankbar für Charlies Sachkunde und Erfahrung. Sie tauchte aus halb träumerischen Überlegungen über Vorhänge für das Wohnzimmer auf, als Charlie demonstrativ auf seine Uhr sah. Es war die Zeit am späten Vormittag, zu der er sich gern einen Bloody Mary anbieten ließ, und auch Mrs. Tyrell hätte gern einen angenommen, doch ein solches Angebot war hier so unwahrscheinlich wie das plötzliche Erscheinen einer Blaskapelle.

Anstatt jedoch eine Vertagung vorzuschlagen, fragte Charlie, ob er einmal telefonieren könnte, und kam in einer Stimmung beinahe händereibender Genugtuung zurück, die nur durch die Verschiebung seiner unaufschiebbaren Ein-Uhr-Verabredung ausgelöst worden sein konnte. Wenn er sich mit der Besichtigung der oberen Räume beeilte, sagte er, und wenn er Mrs. Wadsworth damit behilflich sein könne, bliebe ihm noch Zeit, mit ihr wegen der Hypothek zur Bank zu fahren.

Mrs. Tyrell hatte das Gefühl, erfaßt und mitgerissen zu werden, aber es war ein angenehmes Gefühl. Charles Haywood Tyrell, Witwer seit einem Dutzend Jahren, mochte seinen Neffen und dessen Frau, aber auch ihretwegen hätte er

sich keine Umstände gemacht, wenn er nicht der Meinung gewesen wäre, es handle sich hier um eine wirklich gute Sache.
Knappe fünfundzwanzig Minuten später half er Mrs. Wadsworth vor der Bank aus dem Jaguar. Er wollte von dort aus direkt nach Boston weiterfahren, während Mrs. Tyrell Mrs. Wadsworth in die Plymouth Street zurückbringen sollte.
«Ich hab alle Zahlen, die du mir gegeben hast», sagte er liebenswürdig zu ihr. «Du brauchst bis zum Vertragsabschluß nichts zu unterzeichnen. Sieh dich doch hier ein bißchen um, hm? Wir treffen uns dann in einer halben Stunde wieder.»
Cresset war nicht eines dieser Städtchen, wo alle Geschäfte hinter Kolonialstilfassaden erledigt wurden, doch es hatte saubere, baumbestandene Straßen und eine lange, leicht gebogene Hauptstraße, deren Bürgersteige im Sommer ebenfalls beschattet sein würden. In Mrs. Tyrells unmittelbarem Umkreis waren eine Blumenhandlung, ein Lebensmittel- und Spirituosengeschäft, zwei diskret verhangene Schaufenster mit der Aufschrift Schneiderei auf dem einen und Änderungen auf dem anderen und gleich dahinter zwei Holzschilder, die im Wind knarrten und durch eine Tür voneinander getrennt waren. Bücher. Geschenke.
Die Pattillos, die Leute aus New York, ihre zu-

künftigen Nachbarn. Mrs. Tyrell öffnete die Tür und trat ein.
Es war ein tiefer, angenehmer Raum mit elfenbeinfarbenen Wänden, zu Dreiviertel seiner Länge von einem blauen Gitter geteilt, an dem hier und dort eine Grünpflanze und verschiedene andere Dinge hingen: eine freche schwarze Stoffpuppe, ein Badetuch mit Herzen und Blumen rund um ein eingesticktes «Unseres», eine glitzernde goldene Tasche.
Auf beiden Seiten des Gitters waren Kunden. Mrs. Tyrell widmete sich einem Drehstand mit Ohrringen in der Geschenkabteilung und ließ sich Zeit.
Ein Stück entfernt überlegte eine dicke Frau in einem Dufflecoat laut, ob sie ein Paar Pfeffer- und Salzstreuer aus Kristall kaufen sollte.
«Sie sind sehr klein.»
«Ja, sehr zierlich, nicht wahr?»
Die andere Frau war vermutlich Mrs. Pattillo, klein und wendig in den ausgebleichten Jeans, die sicherlich teuer gewesen waren, und dem burgunderfarbenen Rollkragenpullover. Ihr kurzer Bubikopf schimmerte wie helle Seide, auf ihren Lidern glitzerte ein Hauch von Silber, die Wimpern waren wie kleine schwarze Federwische, die Lippen hatten die Farbe hellen Rotweins.
Die Frau im Dufflecoat kaufte schließlich Salz-

und Pfefferstreuer. Mrs. Tyrell drehte sich mit einem Paar gläserner Ohrhänger in Dreieckform herum.
«Ich hätte gern diese hier», sagte sie und stellte sich gleich vor. «Wir kaufen das Haus der Familie Wadsworth, und ich wollte Sie gern kennenlernen.»
Mrs. Pattillo riß die Augen auf.
«Ach, wirklich? Warten Sie, das muß ich Donald sagen, der wird Augen machen. Ich bin übrigens Tracy wie dreiundzwanzig Millionen andere Frauen, die im selben Jahr geboren wurden. – Donald! Komm doch einmal eine Sekunde her.»
Der Mann, der lässig um das Ende des Gitters herumkam, war groß, aber so agil wie seine Frau, mit feurigen dunklen Augen und einem kurzen, tadellos gestutzten schwarzen Bart. Nachdem er Mrs. Tyrell begrüßt hatte, sagte er: «Na, das ist aber wirklich schnell gegangen. Wir wußten nicht einmal, daß jemand das Haus besichtigte.»
Mrs. Tyrell erklärte das glückliche Zusammenspiel der Umstände. «Daß Mrs. Wadsworth möglichst bald zu ihrem Mann nach Kalifornien möchte, beschleunigt natürlich die Sache.»
Keiner der beiden Pattillos verzog eine Miene oder zuckte auch nur mit einer Wimper, aber irgend etwas knisterte da zwischen ihnen. Eine Kundin, teilweise sichtbar auf der Ladenseite

mit den Büchern, ließ jenes Hüsteln hören, das vor dem baldigen Reißen des Geduldsfadens warnt, und Pattillo entschuldigte sich. Mrs. Tyrell zahlte für ihr Ohrgehänge und verließ nachdenklich den Laden.
«Ihr habt Glück», sagte Charlie fünf Minuten später mit gesenkter Stimme. «Das Haus ist auf ihren Namen eingetragen, es wird also keinerlei Verzögerungen geben. Der Vertragsabschluß kann übermorgen stattfinden, und ich glaube, du hast da einen hervorragenden Griff getan.»
Das hatte Mrs. Tyrell von Anfang an gewußt, aber sein von Erfahrung getragener Beifall tat ihr gut. Ihr rascher zweiter Gang nach oben hatte zwei zusätzliche Vorteile gezeigt – einen eingebauten Wäscheschrank und die Tatsache, daß die Mansarde eine schmale Hintertreppe hatte. Man konnte sie streichen und, da sie auf beiden Seiten Dachfenster hatte, für andere Zwecke verwenden, falls sie sich entschließen sollten, statt ihrer den Boden über der Scheune als Speicher zu benützen.
Charlie brauste in seinem Jaguar davon, und Mrs. Tyrell fuhr Mrs. Wadsworth in die Plymouth Street zurück. Abgesehen von der Bemerkung: «Mr. Tyrell war sehr liebenswürdig und hilfsbereit», hatte Mrs. Wadsworth nichts zu bieten. Sie war offensichtlich keine Frau, die gern leichte Konversation machte; aber das

Schweigen im Wagen schien zu sirren wie elektrisch geladen.
Die Dobermänner waren an diesem Tag nicht ruhig. Sie rasten und sprangen hinter dem Maschenzaun hin und her, und ihr Knurren klang so drohend wie das erste Grollen des Donners vor dem krachenden Schlag. Als fürchtete sie, die Hunde könnten einen Käufer abschrecken, sagte Mrs. Wadsworth: «Abends tun sie das nie. Ich glaube, die Kinder stoßen mit Stöcken nach ihnen, nur weil der Zaun da ist.»
Und etwas später ganz überraschend: «Möchten Sie noch auf ein Glas hereinkommen? Das ging alles so ... Ich kann jetzt wirklich einen Drink gebrauchen.»
Die Erklärung für diese erstaunliche Einladung ließ nicht lang auf sich warten. Leere wehte ihnen entgegen, als Mrs. Wadsworth die Haustür öffnete. Sie fragte, ob Mrs. Tyrell Scotch recht wäre, und kehrte mit zwei Gläsern zurück, in denen Eiswürfel leise klirrten. Nachdem sie sich gesetzt hatte, sagte sie, den Blick dabei starr auf eines der Fenster gerichtet, die zum Vorgarten hinausgingen: «Ich habe gestern abend gar nicht mit meinem Mann gesprochen. Ich habe nicht die geringste Ahnung, wo er ist. Er hat mich verlassen.»
Mrs. Tyrell, die eher einen Toast auf den glücklichen Verkauf des Hauses erwartet hatte, er-

starrte in dem Gedanken, daß ihr der Scotch in die falsche Kehle rutschen könnte.

«Oh?» konnte sie nur hervorbringen.

Mrs. Wadsworth quittierte diesen erstickten Ausruf ihrerseits mit einer gewissen Distanziertheit. «Man hängt so etwas natürlich nicht gern an die große Glocke, aber die Pattillos werden es Ihnen zweifellos sowieso sagen, deshalb hielt ich es für besser, wenn Sie es gleich aus erster Hand hören.»

Mrs. Tyrell dachte an ihren Abstecher in den Buchladen. Es ärgerte sie, daß ihr jetzt die Röte ins Gesicht schoß, als hätte sich ein völlig natürliches Interesse an zukünftigen Nachbarn plötzlich in neugierige Schnüffelei verwandelt.

«Mein Mann ist einige Jahre jünger als ich, und Frauen finden ihn sehr anziehend. Ich beschuldigte ihn, mich zu betrügen, vielleicht zu Unrecht», – Mrs. Tyrell sah plötzlich zedernschimmernde Augenlider und roséfarbene Lippen vor sich –, «und es kam zu einem Streit. Wir waren draußen im Garten, und man konnte uns wahrscheinlich nebenan glänzend hören.»

Schwer, sich die beherrschte Stimme laut vorzustellen, und nur am Grad ihrer Starrheit war zu ermessen, was dies sie kostete.

«Es war selbstverständlich nicht der erste solche Streit, aber er wurde zum letzten. Selbst wenn ich ein so großes Haus allein unterhalten

könnte, was nicht der Fall ist, würde ich nicht in Cresset bleiben wollen.»
Nein, dachte Mrs. Tyrell; die Maßstäbe hatten sich zwar geändert, aber für eine Frau wie Mrs. Wadsworth wäre es unerträglich gewesen zu bleiben. In jeder Stadt gab es spitze Zungen, vielleicht hätte man sogar gemutmaßt, daß Nancy die Ursache der Streitigkeiten war.
Sie sagte einfach: «Das tut mir leid», was Mrs. Wadsworth mit einem Achselzucken und einem distanzierten Lächeln abtat.
«Das mit Kalifornien ist jedenfalls wahr. Ich habe wirklich Freunde dort.» Dann fügte sie mit einer Brüskheit hinzu, die verständlich war – sie hatte ja eine Fremde einen Blick in ihre Intimsphäre tun lassen: «Wenn Sie nicht irgendwelche Sachen hier im Haus behalten wollen, hänge ich heute nachmittag ein Schild hinaus und verkaufe alles.»
Und – es blieb unausgesprochen – mache einen neuen Anfang.
Mrs. Tyrell leerte ihr Glas und stand auf. Mit einem Anflug von Verlegenheit sagte sie: «Ich frage meinen Mann wegen des Rasenmähers und der Gartenfräse. Wieviel verlangen Sie dafür?»

Erst als sie den Wagen schon angelassen hatte, fiel ihr das Foto ein, das sie Annie versprochen hatte. Sie stieg wieder aus und knipste, sah sich das Polaroidfoto an und fuhr dann los.

«Ich glaube, Kinder stoßen mit Stöcken nach ihnen», hatte Mrs. Wadsworth gesagt, als sie an den Dobermännern vorübergekommen waren – aber es war Nancy, die genau das tat. Beim Anblick des Wagens, den sie wiedererkannte, wandte sie das Gesicht ab, als hätte sie ihn nicht bemerkt, und ließ ihren Stock genauso fallen, wie sie am Tag zuvor den Rechen hatte fallen lassen. Mrs. Tyrell allerdings hätte schwören können, daß sie am Ende des Stocks etwas Silbernes hatte blitzen sehen.

Es war kein Zwischenfall, der besonderer Beachtung wert war – es sei denn, die Hunde kamen einmal frei und hatten die Möglichkeit, sich an dem Quälgeist zu rächen. Kinder, und Nancy war ohne Rücksicht auf ihr tatsächliches Alter zweifellos noch zu den Kindern zu zählen, provozierten gern eine Reaktion um ihrer selbst willen. Es brauchte da keine absichtliche Grausamkeit im Spiel zu sein.

Dennoch wünschte Mrs. Tyrell, sie hätte es nicht gesehen.

Annie war hingerissen von der Fotografie und den beiden oberen Fenstern, die zu ihrem zukünftigen Zimmer gehörten. Sie stand in dem kleinen Garten, wo im Sommer drei Tomatenpflanzen, ein Rosenbusch, ein kleiner Pfirsich-

baum und eine Reihe Malven gediehen, und sah sich vorwitzig um.
«Ist es fünfmal so groß wie der Garten hier?»
Wie konnte sie es dem Kind anschaulich machen?
«Der ganze Garten hier würde in den halben Vorgarten passen», sagte Mrs. Tyrell.
Danach verging praktisch der ganze Nachmittag mit Telefonaten. Zuerst rief sie Neil in London an. Die Konferenz würde vorzeitig abgebrochen werden, weil ihr Leiter in der vergangenen Nacht zusammengebrochen und an einem Herzanfall gestorben war; Neil würde also in sechs Tagen schon wieder zu Hause sein. Er sagte ja zum Rasenmäher und zur Gartenfräse – «Ich möchte jedes Wochenende den fröhlichen Landmann spielen» – und: «Am besten rufst du gleich im Möbellager an. Es kann ja sein, daß unser Zeug irgendwo ganz hinten steht. Und dann versuch Bill McGinnis zu erreichen.»
Das «Zeug» waren antike Möbel, die ihm eine Großtante hinterlassen hatte und für die sie in diesem kleinen ersten Haus keinen Platz gehabt hatten. Bill McGinnis, ein Kollege, wollte ihr derzeitiges Haus kaufen.
Mrs. Tyrell war viel zu aufgeregt, um nach dem Abendessen lesen zu können. Statt dessen sah sie sich im Fernsehen einen Gruselfilm an, und das war ein Fehler. Vielleicht weil im Film Regen

an das Kellerfenster klopfte, das die Kamera in unheimlichen Einstellungen immer wieder einfing, und jetzt wirklicher Regen an das Fenster neben ihrem Bett trommelte, fuhr sie plötzlich mit einer einzigen beängstigenden Frage im Kopf aus dem Schlaf.
Was, wenn Mrs. Wadsworth' zweite Erklärung für das abrupte und dauernde Verschwinden ihres Mannes so unwahr war wie die erste und nur deshalb den Eindruck mühsam sich abgerungener Wahrheit gemacht hatte, weil sie eben als zweite geboten worden war?
Das konnte bedeuten, daß er das Haus überhaupt nie verlassen hatte. Zumindest nicht – auf seinen eigenen zwei Beinen. Nachdem diese Frage sich einmal eingeschlichen hatte, setzte sie sich fest und gebar einige häßlich Junge.
Ehestreitigkeiten enden häufig nicht nur mit einer schlichten Trennung, sondern mit Gewalt. Zwischen den Pattillos hatte es spürbar geknistert, als von der Versetzung des Ehemanns nach Kalifornien die Rede gewesen war. Mrs. Wadsworth war eine kräftige Frau, aber dennoch –
In der Scheune standen zwei Fahrzeuge.
An dieser Stelle meldete sich zum Glück eine imaginäre Stimme, die im gewichtigen Ton eines Filmsheriffs sagte: «Verteilt euch, Männer! Daß ihr mir jeden Quadratzentimeter Boden in diesem Wald nach Spuren absucht!»

Mrs. Tyrell knipste die Nachttischlampe an. Es war halb fünf, und obwohl Damon sich langsam zivilisierterer Zeiten bequemte, würde er bald seine Flasche verlangen. So sehr aus Freude an seiner Gesellschaft wie zur eigenen Ablenkung stand sie auf und machte die Flasche warm. Als sie zusah, wie seine winzigen Händchen sich vor Genuß krümmten und seine vollkommen gezeichneten, zarten schwarzen Brauen sich in kleinen Zuckungen bewegten, für die nur er den Grund kannte, war er für sie der Inbegriff geistiger und körperlicher Gesundheit.

Der Vertragsabschluß ging an einem kalten, regnerischen Tag ohne Zwischenfall über die Bühne. Und überraschend kurz und nüchtern für einen Anlaß von solcher Bedeutung; vielleicht nicht unähnlich der Trauung auf dem Standesamt, dachte Mrs. Tyrell. Als sie alle aufstanden, sagte einer der bebrillten Männer zu Mrs. Wadsworth mit einem Blick auf die regennasse Straße hinaus: «Ich kann mir vorstellen, daß Sie sich bei diesem Regen und dieser Kälte auf das sonnige Kalifornien freuen.»
«Ja, ich muß gestehen, das tue ich wirklich.»
«Und Roy gefällt es?»
«O ja, sehr gut», sagte Mrs. Wadsworth.
Es war verabredet worden, daß sie und Nancy das Haus bis spätestens Sonntag nachmittag drei

Uhr räumen würden. Die Schlüssel wollte sie auf dem Kaminsims im Wohnzimmer hinterlegen. Obwohl es kein Tag war, an dem man Lust hatte, länger als unbedingt nötig im Freien zu verweilen, bot Mrs. Tyrell Mrs. Wadsworth die Hand.

«Da wir uns nicht mehr sehen werden, sage ich Ihnen schon jetzt auf Wiedersehen und viel Glück.»

«Ihnen das gleiche, und vielen Dank für Ihre – Diskretion.» Trotz des strömenden Regens zögerte Mrs. Wadsworth einen Augenblick. «Falls Sie einem Ehepaar namens Hopkins begegnen sollten, denken Sie sich nichts, sie wissen es auch.»

Mrs. Tyrell hatte den Motor schon angelassen, als jemand ans Wagenfenster klopfte. Tracy Pattillo im gelben Ölmantel.

«Heißt das, daß alles erledigt ist?»

«Ja, am Sonntag bringe ich die ersten Sachen.»

Und das war der Tag, an dem sie, obwohl am Samstag in den Sechs-Uhr-Nachrichten noch ausdrücklich darauf aufmerksam gemacht wurde, vergaß, ihre Uhr umzustellen.

Sie nahm die ganze Familie mit: Annie, Damon in einer Tragetasche und Bonnet. Es war endlich einer jener Tage, wie sie der Oktober eigentlich bringen sollte, frisch, nach welkem Laub duf-

tend, hier und dort eine weiße Wolke am leuchtenden Himmel.
Die Scheune stand offen und leer. Damon lag in seinem Nest auf dem Rücksitz und schlief fest, satt und eingelullt von der Fahrt. Sie konnte ihn fürs erste ruhig dort lassen. Leise drückte sie die Wagentür zu, ging über den Rasen zu Annie, die mit Bonnet auf sie wartete, und benützte zum ersten Mal den Schlüssel zur Haustür.
Das Wohnzimmer, jetzt nur mit wiegenden Schatten von Bäumen auf Wänden und Dielen, schien größer geworden zu sein. Es begrüßte sie mit einem warmen, vertrauten Duft – Bratenwürze? Vielleicht, dachte Mrs. Tyrell im Rausch der Besitzerfreude, hatten sie sich gar nicht wegen einer anderen Frau gestritten; vielleicht hatte es damit angefangen, daß er gesagt hatte: «Mußt du denn alles mit diesem verdammten Zeug würzen?»
Und da stand plötzlich, erschreckend, weil sie so leise hereingekommen war, Mrs. Wadsworth an der Tür zum Eßzimmer. Wieder einmal sah sie ganz verändert aus in einer sportlichen grauen Hose und einer weißen Bluse mit offenem Kragen.
«Mrs. Tyrell! Als ich den Wagen hörte, dachte ich, es wäre Nancy. Sie mußte rasch noch etwas für mich erledigen. Sobald sie wieder da ist, fahren wir.» Ziemlich spitz fügte sie hinzu: «Es ist ja auch erst zwei Uhr.»

Mrs. Tyrell fühlte sich verletzt und befangen, nachdem sie so auf ihren Irrtum aufmerksam gemacht worden war.
«Entschuldigen Sie vielmals. Ich weiß gar nicht, wie das passieren konnte. Ich habe ein paar Sachen mitgebracht, die ich in der Scheune unterbringen wollte. Danach bleiben wir einfach draußen. Bitte, lassen Sie sich ruhig Zeit.»
Mrs. Wadsworth war einen Schritt ins Eßzimmer zurückgewichen, als sie mit Schärfe sagte: «Ihr Hund!»
Bonnet, der eben eine rasche Besichtigung des Schlafzimmers links vom Vorsaal beendet hatte, sprang ihnen auf seinen langen, wolligen braunen Beinen entgegen.
Mrs. Tyrell faßte ihn am Halsband. Zwei Tage zuvor, ehe sie Nancy mit dem Stock am Zaun gesehen hatte, hätte sie sich bereitwillig erboten, ihn bis zur Abfahrt der Wadsworth' einzusperren. Jetzt aber sagte sie nur: «Ich sehe zu, daß er bei uns bleibt» und schob Kind und Hund vor sich zur Tür hinaus.
Bonnet raste sofort davon, um einen Stock zu suchen; sonst schon recht gesetzt mit seinen sechs Jahren, verlor er angesichts größerer freier Flächen prompt den Kopf. Damon hatte sich nicht gerührt. Mrs. Tyrell klappte den Kofferraum auf. Zusammen mit Annie trug sie Pinsel, ein altes Leintuch und Farbtöpfe – ein leuchten-

des Weiß, um das vergilbte Creme im Wohnzimmer zu überstreichen – in die Scheune.
Annie war fasziniert von der dumpf hallenden Leere und den Gerüchen nach Erde, altem Holz, längst verfüttertem Heu. Vom Stall her rief sie: «Hat hier das Pferd gewohnt?»
«Ja, früher einmal wahrscheinlich.»
Mrs. Tyrell ging die Rampe hinunter zu Annie, die mit ernster Miene in einer Box stand, als wollte sie die Dinge aus der Pferdeperspektive betrachten.
«Annie, wir müssen noch eine Weile draußen bleiben, bis die Leute hier weg sind.»
Annies marineblauer Mantel hing irgendwo fest, an einem Nagel, wie sich herausstellte. Mrs. Tyrell befreite sie, hörte aus den Schichten von Staub und Stroh ein ganz feines Geräusch und griff sich ans Ohr. Aus irgendeinem Grund hatte sie die Glasdreiecke für diesen besonderen Tag angemessen gefunden, und nun war eines davon hinuntergefallen.
Sie hatte die Ohrringe gern, die so klar wie Eis im Schwung ihres Haares schimmerten, das einst hell gewesen war wie Annies, jetzt aber langsam dunkler wurde. Mit der Schuhspitze teilte sie vorsichtig das Stroh auseinander. Glas würde selbst dieses diffuse Licht aufsaugen und reflektieren.
Aber das, was sie sah und sich allmählich als ein

großer, beinah körpergroßer Fleck enthüllte, war Blut. Und nicht sehr alt, da man es ja noch leicht als Blut erkennen konnte.
Die untere Hälfte der Stalltür schnappte zu.
«Er wollte meiner Tochter etwas Schreckliches antun», sagte Mrs. Wadsworth, die hinter der Tür stand. Nicht einmal ein warnender Trommelwirbel war erklungen; sie stand einfach da. «Nur weil sie einen Wutanfall bekam und... Er wollte sie in eine Anstalt stecken.»
Schon bei den ersten Worten, den Worten im Imperfekt, griff Mrs. Tyrell nach Annies Hand und hielt sie fest; blitzartig schoß ihr der Gedanke durch den Kopf, daß Mrs. Wadsworth, wenn sie nicht unmittelbar an den Wagen herangetreten war, nicht wissen konnte, daß Damon auch hier war. Ebenso blitzartig offenbarte sich ihr die Quelle der Scham, die sie zuvor nicht hatte erforschen wollen. Von Anfang an hatte sich in ihr Mitgefühl eine leichte Abwehr gegen Nancy gemischt. Hatte die Ähnlichkeit der Namen ihr zu schaffen gemacht? Auf jeden Fall hatte sie ihr Kind nicht diesem brüchigen Blick aussetzen wollen, der, ins Klangliche übertragen, das durch Mark und Bein gehende Brummen eines Bohrers war.
Nicht zurückgeblieben, sondern geistesgestört und gefährlich.
Obwohl ihr das Herz bis zum Halse schlug,

brachte Mrs. Tyrell Worte hervor, als hätte sie nicht begriffen, was man ihr gesagt hatte.
«Der Onkel meines Mannes will uns hier treffen. Ah ja, ich glaube – ist das sein Wagen?»
Mrs. Wadsworth machte sich nicht einmal die Mühe, den Kopf zu drehen.
«Nancy wird im Frühjahr einundzwanzig. Sie bekommt dann die Verfügungsgewalt über das Vermögen, das ihre Großmutter ihr hinterlassen hat – sie war so ein entzückendes kleines Ding, als sie drei war. Ich konnte nicht zulassen, daß nach all den Jahren irgendwelche vom Gericht eingesetzte Leute ihre Nase in unsere Angelegenheiten steckten.»
Nach all den Jahren, wo sie die Kontrolle über das Einkommen aus dem Vermögen gehabt hatte – und die Aussicht auf spätere Jahre des Wohlstands. Darum hatte sie zum äußersten Mittel gegriffen, hier, in einer alten Scheune in Neuengland, und Mrs. Tyrell war in die Geschichte hineingestolpert wie ein Kaninchen in die Falle.
Ihr Unterbewußtsein hatte in jenen regnerischen frühen Morgenstunden schon geahnt, was sie nicht gewußt hatte. Es bot ihr jetzt das Bild der schmucken roten Scheune, in so bequemer Nähe, unbeaufsichtigt, da ihre Eigentümer den ganzen Tag abwesend waren, zweifellos mit Werkzeugen wie Hackmessern ausgestattet, denn wer

konnte schon mit ganzen Stieren oder Schweinen etwas anfangen?
Aber was war dann mit Roy Wadsworth geschehen? Größere Grabungsarbeiten hätten sich bei nassem Boden bald verraten, und die Pattillos hatten ja bereits ihre Zweifel an der Versetzung nach Kalifornien. Eine Erinnerung an den Geruch von Bratenwürze, nicht einmal, schon zweimal wahrgenommen, mischte sich mit ein paar gehörten Worten und setzte sich wie ein Würgen der Übelkeit in Mrs. Tyrells Kehle.
Kühn trat sie zwei Schritte näher zur Stalltür und sagte: «Ich habe nicht die geringste Ahnung, wovon Sie sprechen, aber was es auch ist, mit mir hat das nichts zu tun. Ich würde Annie gern die Umgebung zeigen, wenn Sie also –»
Sie hatte es versuchen müssen, und natürlich schlug es fehl.
Mrs. Wadsworth sagte in grauevollem Konversationston: «Nancy muß jeden Augenblick kommen.»
Und wenn Nancy kommt, wenn sie zu zweit sind, sind wir verloren.
Mrs. Tyrell maß sie, wie sie sich vorstellte, daß Männer in Kampfstimmung einander maßen. Die andere war ihr an Größe und an Gewicht überlegen. Außerdem mußte sie an Annie denken, die nicht ganz verstand, was vorging, jedoch ihre Hand fest umklammert hielt.

Und dann Damon im Auto. So winzig klein, so – leicht zu beseitigen. Das Korbgeflecht der Tragtasche brannte im Nu lichterloh.
Mrs. Tyrell ließ ihren Blick wandern und versuchte, zum Rasen hinauszusehen. Sie sah Bonnet, der neben dem Auto an einem Stock nagte, den er zwischen den Vorderpfoten hielt, obwohl niemand mit ihm gespielt hatte.
Mit rachsüchtigem Triumph sagte sie: «Sie sollten lieber das Ding wegnehmen, das mein Hund da draußen hat, ehe er damit auf die Straße rennt.» Die offenkundige Angst vor einem Hund in diesem Haus, demgemäß die Geschichte von der schlimmen Allergie. Wie sicher konnte ein Mörder, der im Affekt getötet hatte, sein, daß wirklich alle Spuren beseitigt waren?
Mrs. Wadsworth drehte sich halb herum und stürzte krachend gegen die Gartenfräse, als Mrs. Tyrell wie der Blitz die Rampe hinaufstürmte und mit der Kraft der Verzweiflung die Stalltüre nach ihr schleuderte, da sie wußte, daß diese Chance nicht wiederkommen würde.
Die Brust tat ihr weh.
«Annie, schnell, spring ins Auto. Schnell! Und schließ die Tür ab. – Nein, das werden Sie nicht tun», stieß sie atemlos hervor, als Mrs. Wadsworth, einen dünnen Blutfaden auf einer Seite ihrer kalten weißen Stirn, aufstehen wollte. «Nein, das werden Sie nicht tun.»

Nie zuvor in ihrem Leben hatte sie einem Menschen absichtlich Schaden zugefügt, und selbst in diesem Augenblick kostete es sie Überwindung, aufs Knie zu gehen, die Schultern der anderen Frau zu packen und den dunklen Kopf mit einer Gewalt, die ihr selbst angst machte, gegen Metall zu schlagen. Dann war sie schon wieder auf den Beinen und rannte über unebene Bretter – lieber Gott, laß mich nicht stolpern – dem Sonnenlicht entgegen. Sie erreichte den Wagen, zitterte so heftig, daß sie zweimal am Türgriff reißen mußte, und warf sich hinein. Mit dem letzten bißchen Luft, das sie noch hatte, wie es ihr schien, rief sie Bonnet, der in dem Glauben, das Spiel habe endlich begonnen, über den Rasen davongesprungen war.

Und aus der Scheune kam Mrs. Wadsworth, schwankend, grauenerregend, mit einer Rasenschere, die sie wie einen Speer hielt.

Bonnet zurücklassen – den treuen Wächter ihrer beiden Kinder? Davonfahren mit der Erinnerung an die hoffnungsvoll blitzenden Augen über dem Stock, der zu beiden Seiten des Mauls hervorstand?

«Bonnet, komm schon!» schrie Mrs. Tyrell verzweifelt, und im wahrhaft letzten Moment ließ er den Stock fallen, sauste los und sprang in den Wagen.

Nur einer gütigen Vorsehung und der Tatsache,

daß das Haus so leer ausgesehen hatte, war es zu verdanken, daß der Zündschlüssel steckte. Mrs. Tyrell fuhr in rasendem Tempo nach rückwärts, ohne auch nur einen Blick über die Schulter zu werfen, als die Rasenschere mit ungeheurer Wucht auf die Windschutzscheibe donnerte. Damon wachte auf und gab einen kurzen, quengelnden Schrei von sich, aber da waren sie schon aus der Einfahrt heraus und sicher auf der Straße.

Annie sagte mit ungeheurem Respekt: «Mama –»

Und Mrs. Tyrell antwortete kurz: «Warte, Annie», weil sie ihre ganze Konzentration brauchte, um die nächste Ecke zu erreichen, nach rechts abzubiegen, an der Lichtung am Wald anzuhalten.

Während ihr Herzschlag sich langsam beruhigte, sah sie ihr Kind an.

Annie sagte: «War die Frau verrückt?»

Mrs. Tyrell bedachte das mit Sorgfalt. Krank war der freundlichere, leichter zu akzeptierende, klinische Ausdruck, aber Masern und Mumps und Windpocken lauerten noch auf eine Fünfjährige, die vielleicht des Nachts aufwachen und glauben würde –

«Ja», sagte sie. Mord und Habsucht mochten so alltäglich sein wie die gemeine Erkältung – aber eine Privattaufe, damit Namen offen und mit niederträchtiger Belustigung genannt werden konnten?

Sie wartete an der Lichtung und ließ den Motor laufen, weil sie auch nicht das geringste Risiko eingehen wollte. Vergingen acht Minuten oder zwölf oder fünfzehn, ehe der graue Ford mit Nancy am Steuer auftauchte und nach Süden abbog?
Mrs. Tyrell prägte sich das Kennzeichen ein, aber sie machte sich nicht sogleich auf die Suche nach einem Telefon. Obwohl sie jetzt mit Sicherheit wußte, was Nancy mit dem Stock getan hatte, fuhr sie noch einmal zu dem Maschendrahtzaun.
Dort stieg sie aus dem Wagen. Die Dobermänner standen etwa drei Meter entfernt, Seite an Seite, aufmerksam und träge zugleich.
«Mr. Hopkins?» sagte sie zaghaft. Und dann: «Mrs. Hopkins?»
In den Augen blitzte eine schreckliche Erwartungsfreude auf, und sie kamen. Jetzt wußte sie, wie Mrs. Wadsworth sich der sterblichen Überreste ihres Mannes entledigt hatte.

Die alte Scheune am Weiher

An einem unwirtlichen, regenfeuchten Tag im März kam er zurück, aber es war keineswegs die triumphale Rückkehr, die er geplant hatte. Es war eine hastige, überstürzte Geschichte, wie wenn man grob auf eine Bühne hinausgestoßen wurde, noch ehe die erhobenen Trompeten einen einzigen Ton geschmettert hatten.

Conlons Brief – der Brief, der ihn veranlaßt hatte, Hals über Kopf von New York in diese ungastliche Gegend des ländlichen Neuengland zu reisen – war noch in seiner Tasche. Er hatte Conlon nie gemocht, aber der Architekt war Marians Vetter, und es hätte einen merkwürdigen Eindruck gemacht, wenn er den Auftrag zur Renovierung der alten Scheune einem anderen gegeben hätte. Und nun schrieb also Conlon: «...haben sich Freunde bei mir erkundigt, ob die Möglichkeit besteht, Ihr Haus hier für den Sommer zu mieten, eventuell auch zu kaufen. Da sie ein kleines Kind haben, würden sie gern den Weiher ablassen. Ich habe ihnen zwar gesagt, daß Sie das sicher nicht erlauben werden–»

Einen Moment hatten sich die mit Maschine geschriebenen Zeilen vor Howard Hildreth' Augen verwischt – nur diese eine bohrende Bemerkung nicht.

Den Weiler ablassen.
Noch nicht, dachte er klar und deutlich, nicht nach erst sechs Monaten. In der Anonymität der öffentlichen Bibliothek in der 42. Straße hatte er einiges zu dem Thema nachgelesen und in Erfahrung gebracht, daß unter bestimmten Umständen – dabei spielten Wassertiefe, Niederschlagsmenge und andere klimatische Faktoren eine Rolle – ein Boden dieser Beschaffenheit sich sein Geheimnis nach Ablauf eines Jahres einverleibt haben konnte, immer vorausgesetzt, es fanden keine größeren Grabungen statt.
Aber jetzt noch nicht. Er hatte sich gleich niedergesetzt, um einen kurzen ablehnenden Brief zu schreiben, aber da sprang ihm eine andere Bemerkung aus Conlons Brief ins Auge: «... daß Sie das sicher nicht erlauben werden ...»
Eine bewußte Herausforderung? Man durfte nicht vergessen, daß Bill Conlon Marians Vetter war und damals verreist gewesen war. Am besten fuhr er hin, blieb ein, zwei Wochen, um so den Eindruck zu erwecken, daß er das Haus als ländlichen Zufluchtsort behalten wollte, in den er sich jederzeit zurückziehen konnte. Nur vor Conlon war das notwendig; die Leute aus dem Ort, da war er sicher, nahmen die Renovierung der Scheune als Beweis seiner Überzeugung, daß seine verschwundene Frau eines Tages wiederkehren würde.

Howard Hildreth, allein in seiner komfortablen Wohnung, schauderte bei dieser Vorstellung...

Auf dem Bahnsteig empfingen ihn wohltuendes Getuschel – «Ist das nicht Howard Hildreth, der Theaterschriftsteller? Doch, ganz bestimmt, er ist es» – und allgemeines Kopfdrehen, das er nicht zu sehen vorgab. Er konnte allerdings nicht so tun, als sähe er Conlon nicht, der, den blonden Kopf ein wenig emporgereckt, über den Bahnsteig direkt auf ihn zuschritt. Conlon hatte Marians Augen, hellgrau, mit eigenwillig geformten Lidern; aber das war die einzige äußere Ähnlichkeit zwischen ihnen.
Hildreth bot Conlon die Hand und sagte mit scheinbarer Herzlichkeit: «Das ist aber wirklich nett. Ich hoffe, Sie haben nicht den ganzen Tag am Bahnhof verbracht?»
Conlon schickte einen suchenden Blick über den Bahnsteig. «Ehrlich gesagt, einer unserer Mitarbeiter sollte mit diesem Zug kommen, aber er scheint ihn verpaßt zu haben. Kommen Sie, ich nehme Sie im Wagen mit.»
Nach dem ersten Ärger über Conlons kalte Dusche war Hildreth erfreut; hier bot sich die Gelegenheit, seine Gelassenheit zu demonstrieren. Als sie in den Wagen stiegen, sagte er: «Ich kann schon verstehen, daß Sie dachten, ich würde diesen Sommer nicht heraufkommen.

Ich hätte mich eher angemeldet, aber wir hatten ein paar Probleme mit dem Ensemble.»
Er erwartete, daß Conlon Interesse zeigen würde, doch der sagte nur: «Oh, unangenehm. Und das Stück läuft noch gut?»
«Sehr, danke.»
«Ganz besonders» – Conlon nahm mit Sorgfalt eine scharfe Kurve – «gefiel mir der dritte Akt. Das ist ein toller Knalleffekt. Arbeiten Sie an einem neuen Stück?»
«Ja. Gerade deshalb dachte ich, ein bißchen Ruhe und Frieden – Sie kennen ja New York», sagte Hildreth stöhnend, und sein Ton sprach von Autogrammjägern, Bergen von Verehrerpost, Fluten von Einladungen.
Und teilweise stimmte es auch. *Der Schrei aus der Ferne* war jenes seltenste aller Dinge, ein Erstlingswerk, das es gleich zum Hit gebracht hatte, und das im Theaterzettel enthaltene Bekenntnis, daß es bis zu seiner Ausreifung acht Jahre gebraucht hatte, hatte ihm zusätzlichen Auftrieb gegeben. Acht Jahre – welche Beständigkeit! Kein Wunder, daß dieser glänzende dritte Akt wie ein von Meisterhand geschliffener Brillant funkelte. Das war kein zungenfertiger junger Schriftsteller, der sich auf die Produktion flotter Dialoge verstand, sondern ein wirklich begabter Schriftsteller, der an seiner Arbeit feilte und schliff wie an einem Edelstein.

Das sagten die Kritiker und die wichtigen Mäzene in der Theaterszene, und Howard Hildreth, den man in seiner kleinen Vaterstadt ausgelacht, dem man ein Darlehen abgeschlagen und den Strom ausgeschaltet hatte, trank den ganzen Winter seinen Champagner und vergaß die paar verzweifelten Stunden an der Schreibmaschine.
«... nicht ein einziges Wort», sagte Conlon gerade, und Hildreth riß sich gewaltsam aus seinen Gedanken an das Stück, sein *Alter ego*. Sie hatten den Ort hinter sich gelassen und kletterten in sanftes, bewaldetes Hügelland hinauf, das, noch feucht vom Regen, jetzt unter klarem Himmel einen gelblichen Glanz hatte.
Hildreth' Gedanken eilten zurück und fingen den Sinn der Worte seines Begleiters ein. Er sagte: «Ich auch nicht. Aber ich kann einfach nicht glauben – Sie kannten doch Marian ...»
«Für mich ist sie tot», erklärte Conlon mit schonungsloser Offenheit, ohne den Kopf zu drehen. «Ich glaube, sie war schon tot, als die Polizei noch nach ihr suchte.»
«Aber – wo ...?» fragte Hildreth bestürzt.
Conlon deutete mit einer kurzen Geste auf die außergewöhnliche Landschaft. «Hier gibt es beinahe so viel Wasser wie Land», bemerkte er. «Seen, Moore und Flugsand auch noch. Wissen Sie noch, wie ihr vor Dingen graute, die im Wasser langsam zersetzt wurden?»

«Hören Sie auf!» rief Hildreth heftig. «Sie dürfen nicht von ihr reden, als wäre sie – außerdem war Marian glücklich, sie hätte niemals –»
«– Selbstmord begangen, meinen Sie?» sagte Conlon, als klar wurde, daß Hildreth den Satz nicht vollenden würde. «Das habe ich auch nie geglaubt. Wie Sie sagen, ich kannte Marian. – Hier sind wir schon –»
In sachten Biegungen ging es abwärts. Unten, bei der Birkengruppe, etwa dreißig Meter von der Straße entfernt, war der Weiher, so rund und klar wie ein staunendes Auge, von Weiden bewimpert, die im nahenden Abend wie von Lampen angestrahlt wirkten.
Auf der anderen Seite des Sees, auf einer kleinen Anhöhe, stand der helle neue Bau, die renovierte Scheune, vor sechs Monaten noch alt und verwittert und mit einer windschiefen, braungestrichenen Tür. Kein Lüftchen regte sich; das Haus und sein Spiegelbild stießen in unbewegter Stille aneinander.
Howard Hildreth sah sich um, und sein Herz begann in solchem Entsetzen zu rasen, daß er Angst hatte, er bekäme gleich einen Herzschlag. Mit zitternder Hand riß er an seiner Hornbrille und hörte Conlon neugierig fragen: «Ist Ihnen nicht gut, Howard?»
«Doch, doch. Diese verdammte Brille – der Arzt hat mir schon gesagt, daß ich eine neue brau-

che.» Allein die Anstrengung, ruhig zu sprechen, wirkte wie der Druck einer Zange auf sein Herz. «Die Renovierung ist Ihnen wirklich gelungen, Bill. Wunderschön. Auf den Fotos, die Sie mir geschickt haben, sieht man das gar nicht so. Wollen wir hineingehen?»

Die Auffahrt zum Haus war von Weiden abgeschirmt. Als Conlon ihm geholfen hatte, sein Gepäck hineinzutragen, konnte Hildreth in beinahe normalem Ton sagen: «So, da wären wir. Sie trinken doch ein Glas mir mir, nicht wahr?»

Conlon schüttelte den Kopf. Eine Hand schon auf dem Türknopf, sagte er: «Sarah – Sarah Wilde, Sie wissen schon – hat ein paar Grundnahrungsmittel heraufschicken lassen, so daß Sie bis morgen sicher nicht verhungern werden. Alsdann –»

Hildreth drängte ihn nicht zum Bleiben. Ohne sich auch nur nach dem langen Atelierraum umzusehen, der den größten Teil des Erdgeschosses einnahm, blieb er an der offenen Tür stehen und wartete angespannt auf Conlons Abfahrt. Als die letzten Nachklänge des Motorengeräusches seines Wagens verhallt waren, trat Hildreth aus dem Haus und ging in den einsamen, vom Quaken der Frösche erfüllten Abend hinaus.

Das Licht reichte noch aus – gerade noch –, ihm die gleiche erschreckende Vision zu zeigen. Auf der anderen Seite des Weihers stand die neue Scheune, strahlend hell, ohne die geringste Ähnlichkeit mit dem früheren verwitterten Braun. Doch zu seinen Füßen, auf der Wasserfläche glasklar umrissen, lag die alte Scheune, mit ihren Astlöchern und Wetterflecken und der breiten, windschiefen, braungestrichenen Tür. Hildreth holte einmal tief und zitternd Atem. Niemand sah, wie er durch den Morast zum schilfbewachsenen Rand des Weihers stieg und eine Hand ins eisige Wasser tauchte. Die alte Scheune erzitterte unter den Weiden, kräuselte sich, war wieder still – aber es war immer noch die alte Scheune.

Er trank nicht – Marian hatte das getan –, aber er nahm ein Beruhigungsmittel und flüchtete sich zu seinen Besprechungen wie ein Kind in den Schoß der Mutter. Die *Times, Tribune, Daily News,* Zeitungen aus anderen Städten. «Gestern abend wurde uns Zuschauern im Odeon-Theater ein erfrischender Schock bereitet...»
«*Der Schrei aus der Ferne* ist ein Glanzstück in einer Theatersaison, die bisher nur durch ihre Ereignislosigkeit aufgefallen ist...»
«Hoffentlich müssen wir nicht wieder acht Jahre auf das nächste Hildreth-Stück warten ...»
Und da wußte er auf einmal, was ihm da draußen am Ufer des Weihers geschehen war. Auto-

suggestion, Halluzination – auf jeden Fall gab es dafür einen festen Ausdruck; wenn die Schönheit im Auge des Betrachters lag, dann auch andere Dinge. Er wußte, was sich unter diesem freundlich-ländlichen Wasserspiegel befand, und durch die unbewußte innere Spannung, die Reaktion auf Conlons Anwesenheit, hatte seine Retina die passende Kulisse hervorgebracht.
Unsichtbar für Conlon, trotz all seines Argwohns – und rückblickend mußte man wirklich sagen, daß der Mann nach Argwohn förmlich gerochen hatte. Conlon hatte zum Weiher geblickt und nichts Ungewöhnliches gesehen; ihm hatte das stille Wasser nur das Bild seines Werkes aus Stützbalken, Mörtel und cremehellem Anstrich gezeigt, und was eben sonst noch zur Renovierung eines alten Baus gehörte. Bei diesem Gedanken verspürte Hildreth eine Genugtuung, die in seinem gegenwärtigen Zustand der Erregtheit an Triumph grenzte.
Ein guter Witz, dachte er, während er das Steak briet, das Sarah Wilde ihm in den Eisschrank gelegt hatte, wenn nur er, Hildreth, diesen wäßrigen Zeugen sehen konnte, ihn in der Gegenwart der anderen betrachten, lässig sagen konnte: «Ein schöner Tag, nicht wahr», während er ruhig und gelassen in ihrer Blindheit stand.
Aber am Morgen würde das Bild sowieso nicht mehr auf dem Weiher liegen. Es war schließlich

nichts weiter gewesen als ein Produkt seiner überreizten Nerven, eine ruhige Nacht würde es auslöschen. Dennoch war er erschrocken und trank nach dem Essen vorsichtshalber keinen Kaffee. Nachdem er unten dunkel gemacht hatte, schaltete er das Licht auf der Treppe ein und ging zu seinem Schlafzimmer hinauf.

Und stand plötzlich einer Porträtaufnahme Marians gegenüber, die er nie gesehen hatte.

Als der erste Schreck sich etwas gelegt hatte, sah er, daß die gerahmte Fotografie auf der Kommode gar kein Porträt war, sondern ein vergrößerter Schnappschuß, bei näherer Betrachtung verräterisch körnig und verschwommen. Es war eine Farbaufnahme, die eine lachende Marian zeigte. Flirrendes Sonnenlicht lag auf den Locken, die ihren schöngeformten Kopf umrahmten, spielte um den lachenden Mund, während der kurze, weiche, weiße Hals in Schatten getaucht war.

Die lachende Marian ...

... wie sie über sein Theaterstück gelacht hatte, das er ihr eigentlich erst hatte zeigen wollen, wenn das letzte Wort – Vorhang – geschrieben war. Wie sie lachend gesagt hatte: «Mein lieber Stückeschreiber, du willst mir doch nicht im Ernst sagen, daß du acht Jahre an diesem Ding rumgefummelt hast und die Pointe überhaupt nicht erfaßt hast? Am Schluß muß es Satire sein, verstehst du, du mußt das Publikum im dritten Akt überrumpeln, anstatt diese schwerfällige russische Düsternis endlos weiterzuführen! Das wäre ein irrsinniger Knalleffekt, und du könntest Annas Auftritt streichen, wo sie reinkommt und sagt» – sie drehte einen Finger in ihr Haar, das dazu viel zu kurz war –, «na ja, wenn sie diese lange Leichenrede hält.»

Ihr Gesicht strahlte vor lachender Erregung.

«Warte nur, wenn ich Bill und Sarah sage, daß wir endlich das Mittel gefunden haben, der Odyssee ein Ende zu machen. Sie werden ganz – Howard, um Gottes willen! Ich wollte doch nur – Howard –»

Der volle Hals, so weich und schwach wie der eines Kindes…

Am Morgen ging Hildreth zum Weiher, und die alte verwitterte Scheune war immer noch da, wabernd und verzerrt unter sachte fallendem Regen. Verwirrenderweise war er weder erschreckt noch bestürzt, nicht einmal sonderlich überrascht. Es war, als hätte irgendwann im Schlaf sein Hirn dieses Phänomen so bereitwillig angenommen, wie der Weiher Marian angenommen hatte.

Nach dem Frühstück telefonierte er mit einem Autoverleih, weil er sich einen Wagen mieten wollte, dann rief er Sarah Wilde an.

Bei Sarah, die ebenfalls in dem Haus in der East

Tenth Street gewohnt hatte, hatte er Marian Guest kennengelernt. Sie waren beide Texterinnen bei derselben Werbeagentur, und obwohl Hildreth eine ausgeprägte Abneigung gegen Werbetexte und sämtliche Leute hatte, die sie verfaßten – sie waren von einer Oberflächlichkeit, die er entsetzlich fand –, hatte er die Bekanntschaft mit Sarah gepflegt, weil sie gute Beziehungen hatte. Eine ihrer Tanten war eine höchst erfolgreiche Schriftstellerin, und es hatte einem Theaterschriftsteller *in spe* noch nie geschadet, ein Entree zu einem Verlag zu haben. Er hatte Sarah im Aufzug angesprochen, das scheinbar zufällige Zusammentreffen mit ihr gesucht, ihr eines Tages einen Regenschirm geliehen und war schließlich zu einer Party in ihrer Wohnung eingeladen worden.
Und dort begegnete er Marian, die auf dem Boden hockte, obwohl es genug Stühle gab. Sie trug eine schwarze Hose und eine weiße Seidenbluse mit einer Sicherheitsnadel an der Stelle, wo eigentlich ein Knopf hätte sein müssen, und erklärte, das leicht nach rückwärts geneigte Profil vom Lampenlicht scharf umrissen, mit viel Temperament, wie sie sich das Veilchen über dem Auge und die Schramme an der Wange geholt hatte. Sie hatte ihren Hund George spazierengeführt und war über ein angeleintes Schaf gefallen.

«Der Mann behauptete, es wäre ein Bedlington-Terrier, aber das tat er nur, weil er sich geniert hat. Der arme George hat ihn gebissen, nicht den Mann, meine ich, und hat sich an den Haaren verschluckt.»

Obwohl noch zwei oder drei andere Frauen da waren, typische Madison-Avenue-Schönheiten, die aussahen, als wären sie gerade der Verpackung entstiegen, konzentrierte sich die Aufmerksamkeit auf Marian. Nach einer Weile sagte sie burschikos und ohne jede Schüchternheit zu Howard Hildreth: «Sie machen ein Gesicht, als wollten Sie gleich ein Ei legen. Was brüten Sie aus?»

«Ein Theaterstück», antwortete er ihr distanziert, und vielleicht war es gerade diese Distanziertheit, die sie anzog, so wie die allgemein auf sie gerichtete Aufmerksamkeit ihn anlockte. Auf jeden Fall brachte er sie am Ende des Abends nach Hause, trank in ihrer Wohnung in der Barrow Street zahllose Tassen schwarzen Kaffees, während er ihr von seinem Stück erzählte. Er begann in herausforderndem Ton, auf Belustigung gefaßt, wenn sie hörte, daß er bereits drei Jahre an dem Stück arbeitete; doch sie hörte ruhig zu, und ihre hellen klaren Augen waren so offen und ernsthaft wie die eines Kindes.

«Und was arbeiten Sie – ich meine, um zu leben?» fragte sie.

Als er ohne Beschönigung antwortete: «Ich bin Schuhverkäufer», sah sie mit einer Art staunender Traurigkeit an ihm vorbei. «Es muß wunderbar sein», hatte sie gesagt, «sich für irgend etwas so stark engagieren zu können.»

Das war Marian, in einem einzigen Satz zusammengefaßt; selbst nach ihrer Heirat hatte sie ihm nie wieder etwas so Enthüllendes über sich selbst gesagt. Unter dem Einfluß ihrer Achtung vor seiner Hingabe hatte seine Arbeit, die für ihn immer das Wichtigste gewesen war, sich auch als das Wichtigste in seinem Leben zeigen dürfen. Bis sie abtrünnig geworden war...

Aber Hildreth hatte gelernt, seine Gedanken zu disziplinieren, und genau das tat er jetzt.

«Sarah», sagte er ins Telefon, «ich habe ein ganz schlechtes Gewissen, daß ich dich nicht gestern abend schon angerufen habe, um dir zu sagen, wie gut mir die Einrichtung gefällt, die du für das Haus ausgesucht hast – und um dir für die Einkäufe zu danken, aber –»

«Gefällt es dir?» unterbrach ihn Sarah Wilde unbefangen. «Das freut mich. Es ist ein bißchen viel Lavendel, aber du sagtest ja extra –»

«Ja.» Hildreth betrachtete insgeheim erheitert die lavendelblauen Vorhänge, die lavendelblauen Kissen, rund, eckig und dreieckig, die auf der dunklen Couch lagen. Lavendel – Marians Lieblingsfarbe. Die skeptischen unter Ma-

rians Freunden würden nicht umhin können, sich zu sagen, nun, wenn er damit leben kann …
«Es hat etwas sehr Beruhigendes», sagte er im Ton des loyalen Ehemanns, der für die kleinen Launen seiner Frau eintritt. «Sehr besänftigend. Übrigens, mir gefällt das Bild auf meiner Kommode.»
Plötzlich knisterte es zwischen ihnen vor Spannung.
«Ja, das Foto ist gut, nicht wahr? Ich hab es – warte mal, irgendwann im letzten Sommer, glaube ich, gemacht. Ich hatte es ganz vergessen, bis Bill Conlon es zufällig sah und meinte, du würdest dich über eine Vergrößerung sicher freuen.»
«Das war sehr aufmerksam von euch beiden», sagte Hildreth völlig ruhig. «So sehe ich sie vor mir, weißt du. Lachend. Bill wird dir wohl gesagt haben, daß ich die Hoffnung nicht aufgegeben habe.»
«Natürlich, das kann ich verstehen», erwiderte Sarah in einem Ton, der etwas Künstliches hatte. Beide dachten sie in dem kurzen Schweigen, das folgte, an die vielen Fahrten, die er und Conlon gemacht hatten, um unidentifizierte weibliche Leichen zu besichtigen, deren körperliche Merkmale, und wenn auch nur ungefähr, mit Marians Beschreibung übereinstimmten. Es waren schreckliche Fahrten, und das war ganz nützlich;

er war danach immer leichenblaß und völlig mitgenommen. Und mit jeder fruchtlosen Fahrt, das lag in der Natur der Sache, hatte sich die amtliche Überzeugung, daß Marian Hildreth tot war, verdichtet. Hildreth hörte Sarah an, daß auch sie es glaubte – womit sie natürlich ganz recht hatte. Sie lenkte jetzt rasch vom Thema ab, indem sie vorschlug, man solle in dieser Woche einmal zusammen essen. Hildreth nahm ihre Einladung für den Donnerstagabend an und fügte mit einem kleinen Lachen hinzu, er hoffe, sie hätte nicht vor, einen offiziellen Anlaß daraus zu machen; er wäre heraufgekommen, um mit seinem neuen Stück anzufangen.
«Nein, ich lade nur zwei oder drei Leute ein», beruhigte Sarah ihn. «Ich habe dir doch gesagt, nicht wahr, wie gut mir *Der Schrei aus der Ferne* gefallen hat? Ich dachte, ich wüßte, was im dritten Akt kommt, aber das war ja eine köstliche Überraschung. Da hat es mir nicht einmal was ausgemacht, gründlich hereingelegt worden zu sein.»
Hildreth dankte ihr ein wenig distanziert, und nicht das kleinste Kribbeln der Beunruhigung durchlief seine Nerven. Er vermutete, daß Sarah und Conlon, die noch vor sechs Monaten bloße Bekannte gewesen waren, noch vor Ende des Jahres heiraten würden, aber daß sie das Stück zweifellos zusammen gesehen hatten, spielte keine Rolle. Sie konnten nicht sagen, der letzte

Akt klingt nach Marian, weil Marian, soweit sie wußten, das Manuskript nie zu Gesicht bekommen hatte. Tatsächlich hatte sie zwei oder drei Tage vor jenem letzten Abend mit Bitterkeit gesagt: «Howard glaubt, ich verzaubere ihm sein Baby mit dem bösen Blick, wie eine Zigeunerin...»

(Was für eine prachtvolle Anekdote wäre es gewesen, was für ein unwiderstehlicher Leckerbissen für die Klatschkolumnisten – denn Marian konnte nun mal keine Geheimnisse für sich behalten –, wenn herausgekommen wäre, daß Howard Hildreth acht Jahre lang unermüdlich an seinem Stück herumgeschustert hatte und daß seine Frau dann, die nie etwas anderes geschrieben hatte als Lobpreisungen auf Kunststofffliesen und Reißverschlüsse, innerhalb einer einzigen Stunde die satirische Wendung aus dem Ärmel geschüttelt hatte, die das Stück zum großen Erfolg machte.)

Allein bei dem Gedanken kam Hildreth Übelkeit hoch. Obwohl seine Reiseschreibmaschine mit einem frischen Packen Papier daneben auf dem Schreibtisch am anderen Ende des Ateliers bereitstand, trat er in den sachte fallenden Regen hinaus und ging zum Weiher. Dort war die alte Scheune, leise zitternd unter den fallenden Tropfen, und er spürte, daß er auf eine schreckliche Weise Kraft aus dieser geheimen

Vision zog, die da unter den Weiden seiner Blicke harrte und allem Anschein nach seiner allein.
Der Gedanke an beginnenden Wahnsinn schoß ihm durch den Kopf, doch als er sich hastig umsah, war alles andere klar und normal wie immer. Wenn Marian vorhatte, sich nach dem Tod zu rächen…
Mit einem Ruck richtete er sich auf.
Am Nachmittag war er nett und freundlich zum Redakteur der Lokalzeitung, mit dem Ergebnis, daß in der Ausgabe am nächsten Morgen das Bild von ihm veröffentlicht wurde, das er am liebsten hatte. Er hielt sinnend seine Hornbrille in der Hand, einen Bügel umgeknickt, das Gesicht im Halbprofil, so daß das Doppelkinn, das er sich seit Beendigung der mageren Jahre zugelegt hatte, beinahe nicht zu sehen war.
«… sich zu seinem neuen Stück inspirieren zu lassen», hieß es in dem Bericht darunter stolz, und weiter, «die Einwohner unserer Stadt werden sich an das noch immer ungeklärte Verschwinden Marian Hildreth' vor sechs Monaten erinnern. Mrs. Hildreth, achtunddreißig, sagte am späten Abend des 4. Oktober 1963 zu ihrem Mann, sie wolle noch einen Spaziergang machen. Sie kam nie zurück, und es wurde seither auch keine Spur von ihr gefunden. Mr. Hildreth ist der festen Überzeugung, daß seine Frau noch

am Leben ist, möglicherweise an einem Gedächtnisverlust leidet...»
Hildreth las mit stillem Genuß den Rest – wie der Weiher auf dem Landsitz ergebnislos abgesucht worden war. Tatsächlich hatte die Polizei sich da einfach über seine Einwände hinweggesetzt: «Aber hören Sie mal, sie ist bestimmt nicht in einen Teich gefallen, an dem sie nun seit fünf Jahren wohnt.» Und natürlich war auch die bemüht taktvolle Frage nicht ausgeblieben: «Mr. Hildreth, Ihre Frau war nicht vielleicht – äh –»
Denn Marians Hang zu mehr oder weniger verrückten Eskapaden war der örtlichen Polizei natürlich nicht unbekannt. Man zeigte sich ihr gegenüber tolerant, gelegentlich auch nachsichtig – das war die Wirkung, die sie auf die meisten Leute hatte; aber angesichts der gegebenen Umstände konnte man die Möglichkeit eines tragischen Unfalls infolge einer beschwipsten Laune nicht ausschalten.
«Nein», hatte Hildreth mit durchsichtiger Heftigkeit gesagt. «Natürlich, es kann sein, daß sie nach dem Essen ein oder zwei Gläser getrunken hat...»
Er wußte, hatte es schon im Moment ihres Todes gewußt, daß der Ehepartner im allgemeinen der Hauptverdächtige ist. Doch das hatte für den kleinen Ort Ixton in Connecticut nicht gestimmt. Wenn es auch nur den leisesten Hinweis

auf Zwistigkeiten, auf Seitensprünge des einen oder anderen Ehepartners gegeben hätte, wenn Aussicht auf eine Erbschaft bestanden hätte oder auch wenn Marians Leben versichert gewesen wäre, hätte die Polizei wahrscheinlich gründlichere Nachforschungen angestellt. So aber marschierten die Beamten an den in Sackleinwand gehüllten Eiben, den in Sackleinwand gehüllten Rosen, Marians in Sackleinwand gehüllter Leiche vorbei und verkündeten, daß sie den Weiher mit einem Schleppnetz absuchen würden.
Dieses Unterfangen brachte ihnen zwei uralte Autoschläuche, ein verrostetes, mit Scharnieren versehenes Ding, das früher einmal die Kühlerhaube eines Kabrioletts gewesen war, ein rostiges, zerfressenes Ölfaß und eine riesige Menge Bierdosen. Wäre die Polizei gleich nach Einbruch der Dunkelheit noch einmal gekommen, als die Leiche zwischen den vermummten Eiben aus ihrer Verhüllung von Sackleinwand genommen und dem nunmehr ganz offiziell harmlosen Weiher übergeben war … Aber wie vorauszusehen, hatte sie das nicht getan.
Es gab jetzt keinen Grund mehr, den Weiher mit Netzen abzusuchen – nein, dachte Hildreth, wenn sie das tun wollten, brauchten sie eine gerichtliche Verfügung. Und um eine gerichtliche Verfügung zu erwirken, brauchten sie Beweismaterial.

Das eben war das Sicherheitsmoment bei einem im Affekt begangenen Mord. Die gerissensten Planer – Hildreth lehnte das Wort Mörder ab – waren über mühsam ausgetüftelte Zeitpläne, unerwartete Briefe, ein Wort düsterer Vorahnung, das irgendwo gefallen war, gestolpert. In diesem Fall konnte nichts dergleichen passieren. Weder er noch Marian hatten bis zu dem Moment ihres gackernden Gelächters, mit dem sie die Verschwiegenheit und die Ernsthaftigkeit seiner Arbeit in den Schmutz gezogen hatte, gewußt, was kommen würde.
Das schlimme war nicht, daß Marian ihrer Neugier nachgegeben und es irgendwie fertiggebracht hatte, die Schreibtischschublade aufzuschließen, in der sein Manuskript lag; das schlimme war auch nicht, daß sie sich, wenigstens vorübergehend, unter die Leute eingereiht hatte, die ihn so belustigend fanden wie einen dummen August. Das schlimme war, daß sie recht hatte. Wie jemand, der gewissenhaft an einem großen Teppich arbeitet, hatte er Stich um Stich getan und dabei den großen Zusammenhang aus den Augen verloren, der Marian augenblicklich ins unbefangene und mutwillige Auge gesprungen war.
Es war, als ob ... Er konnte es damals nicht sagen, weil seine Logik in Rauch aufgegangen war wie Cellophan in einer Flamme. Später, als er ruhi-

ger war, konnte er sich mit einer Frau vergleichen, die nach langen, schweren Wehen zusehen muß, wie der Arzt den Säugling vergnüglich in sein eigenes Haus trägt.
Aber es gab keine Hinweise, und er würde sich nicht überlisten oder in eine Falle locken lassen. Sein Besuch hier – der erste seit den ungefähr fünf Wochen, nachdem er Marians Verschwinden gemeldet hatte – würde seine Unschuld beweisen. Nicht der Polizei – da machte er sich keine Sorgen –, aber Bill Conlon und Sarah Wilde, die einzigen Menschen, die, da sie Marian nahegestanden hatten, vielleicht...

In dem hellen Atelier mit den weißen Wänden und der in Schwarz und Lavendelblau gehaltenen Einrichtung schob Hildreth das gelbe Schreibpapier neben seiner Maschine hin und her, aber weder an diesem Morgen noch am nächsten, noch an einem der folgenden Morgen begann er mit der Vorarbeit zu seinem neuen Stück.
Er sagte sich selbst zur Verteidigung, daß er monatelang unter starker seelischer Belastung gelebt hatte; davon erholte man sich nicht von einem Tag auf den anderen. Außerdem hat der Erfolg bei den Kritikern etwas Lähmendes; unweigerlich kehrte man immer wieder zum ersten Werk zurück, um das magische Element zu fin-

den, das den Erfolg gebracht hatte, und unweigerlich fürchtete man den Vergleich mit einem zweiten Werk.

Zu keiner Zeit gestattete er sich die Überlegung, daß es unter den Theaterschriftstellern ebenso wie unter den Romanciers Leute gab, die nie mehr als ein einziges Werk zustande gebracht hatten, und daß sein einziges Stück noch jetzt unfertig in der Schublade läge, wäre nicht Marians frecher Witz gewesen. Doch kam, als er mit leerem Hirn vor der Schreibmaschine saß, ein Moment, wo er dachte: Sehe ich aus wie der Weiher? Da stand er auf und ging durchs Zimmer, um sich im Spiegel zu betrachten.

Aber nein, er hatte sich nicht verändert, trotz des feinen Bebens der Furcht, das ihn durchrann. Und wenn er die Wahrheit im See sehen konnte, dann konnte er sie doch auch an sich selbst sehen? Gewiß, er war dicker geworden, aber seine dunklen Augen hatten den alten ernsthaften Ausdruck, seine Augenbrauen waren düster in ihrer Geradheit, noch immer hing ihm eine Schmachtlocke – jetzt von seinem New Yorker Friseur kultiviert – in die Stirn.

Doch als er lange genug und angespannt genug in den Spiegel starrte, das Gesicht ganz nahe an ihn heranschob, spähten lauter winzige kleine Howard Hildreth' aus den Pupillen, und hinter ihnen –

Ah, hinter ihnen …
Er entwickelte eine Art triumphierende Leidenschaft für den Weiher. Er sah ihn voll schwimmender Wolken oder in einem plötzlichen Windstoß von nervösen kleinen Wellchen gekräuselt. Er sah die verwitterten Balken und die braune Tür sich unter den Wellen verziehen und auflösen, die Wasserflöhe oder vielleicht Frösche geschlagen hatten. Während er so tat, als hätte er auf einem Spaziergang eine Zigarettenpause eingelegt, beobachtete er die vorüberkommenden Autos, die die Fahrt verlangsamten, um einen bewundernden Blick auf das saubere helle Haus hinter dem weidenverhangenen Weiher zu werfen, und keiner der Wagen kam mit einem schreckhaften Ruck zum Stehen, niemand schrie.
Hildreth hatte eine Polaroid, und eines Nachmittags machte er zur Probe eine Aufnahme des Weihers. Conlons Fotografien hatten nichts Ungewöhnliches gezeigt, diesmal aber war er es, der den Auslöser betätigte. Der Tag war wie geschaffen für einen Farbfilm – die Weiden spielten grün um das runde Auge aus Wasser, das ruhig und wie Emaille glänzend dalag.
Wäre es nicht komisch, dachte Hildreth, während er aufgeregt bis sechzig zählte, wenn nur der Apparat und ich –
Er war gerade dabei, das Papier abzuziehen, als

Sarah Wilde neben ihm sagte: «Oh, darf ich mal sehen?»
Die Aufnahme mitsamt dem Deckblatt flatterte zu Boden.
Hildreth sah nur flüchtig Sarahs weiße Wange, hörte nur den Anfang ihres bedauernden «Ach, das tut mir leid, ich wollte nicht –», ehe er sich bückte und ihr mit knapper Not auswich. Wenn nötig, hätte er seinen Fuß auf die Aufnahme gestellt.
Er hob sie auf und wandte sich ab, wobei er einen künstlichen Hustenanfall produzierte, während er das Deckblatt ganz abzog. Eine Sekunde später drehte er sich wieder um, sagte: «Nicht schlecht, wie?» und reichte Sarah die völlig harmlose Farbaufnahme. Nein, nicht der Fotoapparat und er – nur er allein.
Sarah, dachte er aufmerksam, war eine bemerkenswert schöne junge Frau. Die gesenkten Wimpern schimmerten silbrig-braun, das seidige Haar hatte eine etwas tiefere Brauntönung; dazu graue Augen. Mit dem leuchtenroten Lippenstift als Kontrapunkt zu den natürlichen Aquarelltönen war sie überall eine auf unaufdringliche Art auffallende Erscheinung.
«Sehr gut geworden», sagte sie und reichte ihm das Foto zurück. «Der Weiher ist wirklich schön, nicht wahr? Und besonders jetzt.»
Sie blickte auf das runde Wasser hinaus, dann

zurück zu Hildreth, der, ihrem Blick folgend, immer noch die alte Scheune im ruhigen Spiegel sah. Durch seinen Hals rann ein nervöses Zittern. Um einen wilden Impuls, laut zu lachen, zu zügeln, sagte er im nachdenklichen Ton des Landbesitzers: «Er hat ziemlich viel Wasser, aber diesen Monat hat es hier auch ziemlich stark geregnet, nicht wahr?» und ließ die Aufnahme wie beiläufig in seine Tasche gleiten.

«Ja, das Wasser ist hoch», sagte Sarah in ihrem eigenen nachdenklichen Ton, und es konnte keinen Zweifel geben: In den Augen, die vom Weiher zu seinem Gesicht blickten, war eine Art – Zweifel? Herausforderung?

Hildreth sagte kühl: «Tja, wenn du mich jetzt entschuldigst, ich muß an die Maschine zurück.» Damit setzte er sich in Bewegung. «Warte, beinahe hätte ich vergessen, weswegen ich überhaupt gekommen bin.» Sarah griff in ihre Handtasche. «Hier – der Postbote hat das in meinen Kasten gesteckt statt in deinen. Muß toll sein, Verehrerpost zu bekommen. Vergiß das Essen heute abend nicht – die Bar ist ab halb sieben offen.»

Es war kein Verehrerbrief, den Hildreth öffnete, als der rote Volkswagen hinter der Hügelkuppe verschwunden war, sondern eines jener Schreiben, wie sie, das hatte die Polizei gesagt, in Mengen auf das Verschwinden eines Menschen zu folgen pflegten. Dieses war von «jemandem, der helfen kann» und versprach, ihn gegen Bezahlung von zweihundert Dollar, die an das angegebene Postfach in Vermont geschickt werden sollten, mit seiner verschwundenen Frau in Verbindung zu bringen.

Das Lästige an solchen Mitteilungen war, daß sie nicht einfach ignoriert werden konnten – zumindest nicht von einem Mann, in dem angeblich die Hoffnung niemals erlosch. Hildreth setzte sich wieder, um die Standardantwort zu schreiben, mit der er dem Schreiber dankte und ihm mitteilte, daß er den Brief dem Ermittlungsbeamten übergeben würde, und dachte zornig, daß es gegen so etwas ein Gesetz geben müßte.

Der Nachmittag verstrich langsam. Conlon rief an, um ihm zu sagen, daß ein Installateur vorbeikommen würde, um irgend etwas im unteren Bad zu richten, und Hildreth erwiderte gereizt: «Also wirklich, Bill, Sie müssen mir schon verzeihen, aber ich dachte, das wäre inzwischen alles erledigt. Mitten in der ersten Szene ist man nicht gerade dazu aufgelegt, Installateure zu empfangen.»

Etwas später besänftigte ihn das Auftauchen einer Delegation der örtlichen Schülerzeitung, die demütig um ein Foto mit seiner Widmung bat, um es in der Sonderausgabe zum Schulab-

schluß zu bringen. Eines der langhaarigen, großäugigen Mädchen wagte sich recht nahe an seine Schreibmaschine, in der Hildreth umsichtigerweise ein beschriebenes gelbes Blatt stecken hatte – die Eröffnungsszene von *Der Schrei aus der Ferne* –, und er sagte sofort streng: «Bitte nicht – ich bin da ziemlich empfindlich, wenn ich gerade mitten in der Arbeit bin.»
Das erhöhte nur ihre Ehrfurcht. Aber er hatte genug, dachte Hildreth, als er sie zur Tür brachte; er hatte genug von der Speichelleckerei der Leute. Als er mit hochmütiger Miene in dem einzigen Geschäft am Ort ein paar Delikatessen eingekauft hatte, hatte er das kriecherische Gesicht des Geschäftsführers gesehen, der ihm erst ein Jahr zuvor mit einer Klage gedroht hatte, falls er seine Rechnung nicht sofort bezahlen sollte.
Im Ort grüßte ihn jeder mit Hochachtung, er hatte Einladungen zu den Honoratioren erhalten, die er durchweg abgelehnt hatte. Was wichtiger war, überall hatte man ihn ohne eine Spur von Argwohn aufgenommen; wenn neben der allgemeinen Bewunderung noch etwas anderes Platz hatte, so war es eine Art verlegenen Mitleids mit dem tapferen Mann, der die Hoffnung nicht sinken ließ.
In ein oder zwei Tagen, wenn er Bill Conlon und Sarah Wilde und allen anderen klargemacht

hatte, daß ein Verkauf oder auch nur eine Vermietung seines Landsitzes mit dem hübschen, tödlichen Weiher nicht in Frage kam, konnte er nach New York zurückkehren.
Kein Wunder, daß es ihn erschreckte, als mitten in all diese wohlbehaglichen Überlegungen um kurz nach drei ein Anruf von einem Sergeant Fisk von der örtlichen Polizeidienststelle platzte. Ein paar kleine Mädchen, die auf einer Wiese am Ortsrand beim Blumenpflücken gewesen waren, hatten eine lederne Damenhandtasche und einen Teil eines Kleides mit verdächtigen Flecken entdeckt; ob Hildreth auf die Dienststelle kommen und sich die Sachen einmal ansehen könne?
«Aber selbstverständlich», antwortete Hildreth, während er zornig zum Fenster hinausblickte. «Wenn sie allerdings die ganze Zeit im Freien gelegen haben, sind sie wahrscheinlich ziemlich –?»
«Nein, Sir, die Sachen lagen in der Ritze einer Mauerruine. Sie waren noch in recht gutem Zustand. Auf jeden Fall erkennbar.»
«Gut, ich fahre sofort los», versprach Hildreth und mischte gerade genug Grauen in seinen entgegenkommenden Ton.
Auf der Polizeidienststelle bat man ihn zu warten, Sergeant Fisk würde gleich kommen.
Um vier Uhr war Sergeant Fisk noch immer nicht gekommen; um halb fünf Uhr stapfte

Hildreth wutschnaubend zu dem uniformierten Beamten am Klappenschrank und sagte scharf: «Ich bin auf Bitte von Sergeant Fisk hierhergekommen, um ein paar Sachen zu identifizieren. Ich kann nicht länger warten. Bitte, richten Sie ihm aus–»

«Augenblick, Sir», gab der Polizeibeamte seelenruhig zurück, stöpselte ein und fragte nach Sergeant Fisk. «Hier ist ein Mr. Hildreth, der schon seit – okay, ich sag ihm, daß er reingehen kann.»

Doch als Hildreth Sergeant Fisks Büro betrat, wurde ihm mitgeteilt, daß Handtasche und Kleiderrest an Lieutnant Martin weitergegeben worden waren, um zu klären, ob eine Verbindung zu dem spurlosen Verschwinden eines Ehepaars aus Colorado vor vier Monaten bestand. Hildreth zügelte seinen Zorn und ging mit dem Sergeant zu Martin. Er war schließlich, das durfte er nicht vergessen, ein Mann, der alles zu tun bereit war, um einen Hinweis auf das Schicksal seiner Frau zu finden.

Kurz nach fünf Uhr betrachtete er eine vermoderte dunkelblaue Handtasche, leer, und das zerrissene Oberteil samt Ärmel eines ehemals gelben Wollkleides und widerstand nur mit Mühe der Versuchung. Warum nicht einfach sagen, ja, die Sachen haben meiner Frau gehört, die Hände vors Gesicht schlagen und Schluß damit?

Weil Marian niemals Gelb getragen hatte, dachte er mit einem Gefühl, als wäre er im letzten Augenblick vom Rand des Abgrunds zurückgetreten; sie hatte immer gesagt, in Gelb sehe sie aus wie die wandelnde Migräne. Und weil im Lederfutter der Handtasche noch etwas zu erkennen war, das leicht die fast ausgelöschte Spur eines Namens oder Monogramms sein konnte. Hildreth hatte einiges darüber gelesen, was moderne Polizeilaboratorien heutzutage mit solchen Spuren anfangen konnten. Er schüttelte also den Kopf und sagte: «Die Sachen sind nicht von meiner Frau.» Und mit einem Schaudern angesichts der Flecken auf der modrigen gelben Wolle: «Gott sei Dank.»

Drei Stunden, dachte er, als er wütend durch den regnerischen Abend fuhr; drei Stunden für einen Gang, von dem er von vornherein gewußt hatte, daß er umsonst sein würde, den abzulehnen er sich aber nicht hätte leisten können. Gerade noch genug Zeit, um sich zum Abendessen bei Sarah Wilde umzuziehen – und dann nichts wie weg von hier, gleich morgen.

Der Gedanke machte ihn wieder ruhiger, genau wie der flüchtige Blick auf die alte Scheune, deren Bild im letzten Licht zitternd auf dem See lag, als er zu Sarah fuhr. Sarahs großes, ungezwungen freundliches Wohnzimmer – zwei ineinander übergehende Räume in einem sehr

alten Haus – und der wohltuende Kontrast zwischen dem lodernden Feuer im offenen Kamin und dem kalten Regen, der an die Fenster trommelte, hellten seine Stimmung weiter auf.
Die anderen Gäste waren schon da, alle mit Gläsern in den Händen – Conlon, ein Ehepaar namens Slater und Mrs. Slaters dekorative Schwester, die gerade zu Besuch da war.
Hildreth taute auf, sein Körper entspannte sich, seine Stimmung lockerte sich. Er hatte das Gefühl, die Slaters zu kennen, als er mit ihnen bekannt gemacht wurde, aber wahrscheinlich war er ihnen irgendwann einmal am Bahnhof oder in einem Laden am Ort begegnet. Er registrierte beifällig, daß Sarah für den Abend offenbar eine Hilfe engagiert hatte, denn aus der Küche kam Rumoren, während Sarah im kleinen Schwarzen mit Perlenkette neben Conlon auf der Couch saß.
Bei den seltenen Gelegenheiten, wo er und Marian Gäste gehabt hatten, war Marian dauernd wie eine Verrückte zwischen Küche und Wohnzimmer hin und her geschossen, hatte entweder entsetzt gerufen: «Mein Gott, hat niemand auf die Bohnen aufgepaßt? Nein, natürlich niemand!» oder verlegen gefragt: «Wir mögen doch alle lieber Muskat als Pfeffer im Kartoffelpüree, nicht wahr?»
Sarah hatte den Kopf gedreht und sah ihn offen

an; offenbar hatte ihn jemand etwas gefragt. Hildreth wischte sich mit einem Taschentuch über seine plötzlich feuchte Stirn und sagte: «Ich bin doch ganz schön naß geworden – schlimmer, als ich dachte.» Damit stand er auf und stellte sich ans Feuer.

Der schlimme Moment war schon vorbei, und Sarah half ihm weiter darüber hinweg, indem sie bemerkte: «Du hast gesagt, daß du diesmal vielleicht nicht lange hier bist, Howard, deswegen gibt es heute dein Lieblingsessen – du weißt schon, was du im Restaurant niemals bestellst.»

«Sag bloß nicht –?» rief Hildreth entzückt, aber es gab tatsächlich Forelle, goldbraun und knusprig die Haut, weiß und saftig das Fleisch, im Geschmack delikat abgerundet mit einem Hauch feiner Kräuter. Er aß mit bewußtem Genuß und erlag erst gegen Ende des Essens seiner alten Gewohnheit, Leute, die er nicht kannte, mit einer Geschichte auszustatten.

Die ungewöhnlich gutaussehende Schwester aus New Haven – sie hieß Vivian Hughes – schien ihm jene Art von Frau zu sein, die, als junges Ding überzeugt, jeden Mann haben zu können, am Ende gar keinen abbekommen hatte; die Art und Weise, wie sie ständig den Kopf drehte, hatte etwas erzwungen Anmutiges, und um die wirklich auffallend grünen Augen zogen sich feine Linien der Unzufriedenheit.

Mrs. Slater konnte er eigentlich als Testperson für seine Menschenkenntnis nicht mehr nehmen, da sie sich vorher durch eine Bemerkung über ihre kleinen Zwillinge, die sie in der Obhut einer Babysitterin zurückgelassen hatte, sowie durch ihre Ungezwungenheit abgestempelt hatte. Sie war die neue und im großen und ganzen beste Art von Mutter, dachte Hildreth beifällig; schlank, liebenswürdig, intelligent, hob sie sich ihre mütterlichen Neigungen ausschließlich für den heimischen Herd auf.
Slater? Hildreth sah durch Kerzenschimmer zu dem anderen Mann hinüber, der vielleicht ein, zwei Jahre jünger war als er selbst. Das schmale, gebräunte Gesicht schien zu verraten, daß der Mann viel im Freien war, alles andere jedoch deutete auf einen Mann in leitender Position. Er sah ihn weiter an, und wie auf einem belichteten Foto, das sachte in der Entwicklerflüssigkeit hin und her schwappte, begannen sich Umrisse zu zeigen.
Ein Schreibtisch, nicht aus dem Holz der Chefetage geschnitzt, sondern aus verkratzter Eiche. Zwei Telefonapparate darauf. An einer Tür ein Mann in Uniform, der sagte: «Ja, Sir, sofort», dann durch einen Korridor davoneilte.
Ja, Slater war ein Polizeibeamter oder Kriminalbeamter, den er im ersten Stadium der Ermittlungen vor sechs Monaten einmal gesehen

haben mußte, mit dem er vielleicht sogar gesprochen hatte. Und Sarah und Conlon hofften, daß ihn diese Begegnung zu Tode erschrecken und dazu führen würde, daß er die Fassung verlor. Das war der einzige Zweck dieses netten, freundschaftlichen Abends.

Wie enttäuscht sie sein mußten. Hildreth rührte seelenruhig in seinem Kaffee. Bis sechzig Sekunden vor Marians Tod hatte ein Mordmotiv überhaupt nicht existiert, und es gab nicht einen einzigen Hinweis. Die Aufmerksamkeit genießend, die, wie er wußte, auf ihn gerichtet war, sagte er in sattem Ton: «Ein köstliches Essen, Sarah. Ich weiß nicht, wann ich das letzte Mal eine solche Forelle gegessen habe.»

Und Sarah antwortete: «Noch nie, mein Lieber.» Sie beugte sich im Kerzenlicht ein wenig vor. Ihr Blick war kalt. «Die Forelle war aus deinem Weiher, Howard, und wurde heute nachmittag gefangen, während du auf der Polizeidienststelle warst. Du wußtest nicht, daß Marian, kurz bevor sie – verschwand, den Weiher mit Forellen besetzen ließ, als Geburtstagsgeschenk für dich, weil du Forellen so gern ißt, aber den Restaurantköchen nie traust. Wir erfuhren es auch erst, als der Bekannte, der ihr den Gefallen tat, vor zwei Wochen hier war, um Bill zu besuchen.»

Hildreth hatte das Gefühl, als wäre sein Hals in

einem dieser hohen steifen Kragen gefangen, die Leute mit Halswirbelgeschichten tragen mußten; er war nicht imstande, den Kopf zu drehen, nicht einmal, als er Conlon sagen hörte: «Prachtvolle dicke Forellen, dachte ich, aber faul. Sie haben auf alles gebissen.»
...während er auf der Polizeidienststelle gesessen hatte, von einem abgekarteten Anruf dort hingelockt.
«Ihr alle habt Forellen gegessen», rief Hildreth triumphierend in den Kerzenschein, der angefangen hatte zu zittern und sein Gesicht zu erhitzen. «Ihr alle –»
«Nein. Wir hatten Flußbarsch vom Markt», unterbrach ihn Sarah, und während sie seinen Blick festhielt, trat auf ihre Stirn ein kaltes Leuchten, und ihr Mund schien zusammengepreßt, als wollte sie einen Schrei unterdrücken. Da versanken sie alle für Hildreth. Er senkte den Blick, doch anstelle seiner Kaffeetasse sah er seinen Teller mit den sauberen, nadeldünnen Gräten, von denen all das saftige weiße Fleisch abgelöst worden war. Marians weicher weißer Hals, und die geschäftigen, neugierigen, knabbernden Mäuler auf dem Grund des Weihers, und das pralle Tier, das man ihm auf den Teller gelegt hatte –
Er hörte, wie sein Stuhl krachend nach rückwärts stürzte, er hörte den erstickten Schrei des

Entsetzens, der aus seiner eigenen Kehle kam, als er blindlings aus dem Zimmer stürzte, weil er sich übergeben mußte; und er hörte wie durch eine Nebelwand Slaters Stimme: «...sieht ganz danach aus. Scheint mir eindeutig. Wir gehen gleich morgen früh an die Arbeit.»

Etwas Grünes

Obwohl Monate vergehen sollten, ehe sie ihr auf ihr entsetzliches Geheimnis kam, konnte Mrs. Lear die Pflanze vom ersten Moment an nicht leiden. Und ausgerechnet zum Muttertag hatte sie sie bekommen.

Zwar hatte sie, da wahllose Vorschläge zur Veränderung jeglichen Status quo nun einmal ihre Art waren, einmal die Bemerkung gemacht, daß es hübsch wäre, etwas Grünes im Haus zu haben; näher befragt, hätte sie von einer hübschen Blumenampel gesprochen, aber niemand befragte sie näher. So war es dann, als hätte man sehnsüchtigen Gedanken an ein Baby nachgehangen und statt dessen einen rebellischen Teenager präsentiert bekommen.

Die Pflanze war sehr groß und üppig, festverwurzelt in einem schwarzen Kunststofftopf von vielsagender Größe. Mrs. Lear hatte ihresgleichen in Banken und Bibliotheken und in Wartezimmern von Ärzten gesehen, eine Garantie dafür, daß sie nicht totzukriegen war. Ihr Stamm war kräftig, die ledrigen, ovalen Blätter von einem tiefen Grün mit hellerer Äderung.

«Es gibt ein Spray, mit dem man die Blätter glänzend machen kann», sagte Mrs. Lears Schwiegersohn Leslie, der edle Spender dieses Geschenks.

«Aber sie sind doch sehr schön so, wie sie sind», meinte Mrs. Lear engstirnig.
Isabel sah ihre Mutter an. «*Ich* finde sie schön. Ich weiß nicht, ob sie allzuviel Sonne mögen. Dein Westfenster müßte eigentlich genau richtig sein.»
Sie betrachteten alle die Pflanze, die jetzt etwas von der grimmigen Entschlossenheit eines unwillkommenen Gastes hatte, der sich nicht vertreiben lassen will. Im Zusammenhang mit Isabels früherem Geschenk gesehen, einem dekorativ verspielten Vogelbad, und selbst ohne das schnelle Zwinkern ihrer veilchenblauen Augen, war die Botschaft unüberhörbar: Jeder, der die Möglichkeit hatte, sich an diesen exquisiten Dingen zu ergötzen, würde mit Freuden mehr Zeit in seinen eigenen Räumen verbringen.
Die Räumlichkeiten waren in der Tat großzügig: der eigentlich als Elternschlafzimmer gedachte Raum, den die Gillis' ihr im Februar fertig eingerichtet übergeben hatten, dazu ein geräumiges Bad und eine Terrasse mit Blick auf üppigen grünen Rasen. Es waren Bücherregale da und auch ein kleiner Schreibtisch.
Doch das Arrangement schmeckte jetzt irgendwie nach Gefangenschaft, ganz gleich, wie behaglich und bequem, und wer konnte wissen, was vielleicht folgen – und schließlich in der Bemerkung kulminieren würde: «Isabel, du mußt

etwas unternehmen, deine Mutter irrt schon wieder ziellos herum?»
Bei Mrs. Lear entsprang wie bei den meisten Wesen aus der Angst der Zorn.
«Du sagtest doch, sie würde ziemlich groß werden, nicht wahr, Leslie?» fragte sie, während sie das fleischige Wesen in dem schwarzen Topf musterte. «Da drüben hin, denke ich, neben das Klavier. So können wir uns alle an ihr freuen.»

Als ihre Tochter drei Jahre zuvor ganz unerwartet im Alter von sechsunddreißig Jahren geheiratet hatte, hatte Mrs. Lear pro forma alles das durchexerziert, was Witwen mit Einzelkindern vorgeschrieben war.
Nein, sie würde nicht zu ihnen ins Haus ziehen, und wenn sie noch so drängten und beteuerten, sie hätten genug Platz, und sie würde auch nicht nach New Mexico ziehen. Beide Entscheidungen, versicherte sie ihnen, wären rein egoistischer Natur – sie sei zu alt, um ihre Freunde aufzugeben, insbesondere ihre Golffreunde. Was die riesigen Entfernungen anginge, die Connecticut von New Mexico trennten, so gäbe es schließlich die Post und das Telefon und nicht zuletzt das Flugzeug.
Worauf Mrs. Lear, so gebrannt von doppelter Zurückweisung, daß wochenlang jeder Fremde sich voll Unbehagen zu winden begann, wenn er

ungesehenes Ziel ihres starren eisblauen Blicks wurde, allein in ihr uninteressantes Haus außerhalb von Hartford zurückkehrte.
Leslie Gillis war mit seinen neunundvierzig Jahren im Alter etwa gleich weit von ihr und ihrer Tochter entfernt, und in den ersten vierundzwanzig Stunden ihrer Bekanntschaft in Puerto Vallarta, das die Lears in diesem Jahr als Urlaubsort gewählt hatten, hätte ein Außenstehender leicht annehmen können, daß Leslie der älteren, nicht der jüngeren Frau den Hof machte. Die Vorstellung war gar nicht abwegig. Mrs. Lear war eine mittelgroße, elegant gekleidete Frau mit hübschen Augen, kurzem, weichem Haar, dessen Farbnuance, lichtes Braun und Grau, die Sonne ausgeglichen hatte, und einem Gesicht, das in der Jugend scharf gewesen war, jetzt aber aristokratisch wirkte. Als es Abend wurde, waren sie «Juliet» und «Leslie», während Isabel still in der warmen, schimmernden Dunkelheit am Swimmingpool saß, wo eine zartduftende Brise in ihrem schulterlangen kastanienbraunen Haar spielte.
War es gerade diese ruhige Gelassenheit, die einen so erfolgreichen und zurückhaltenden Mann angezogen hatte – der Eindruck, daß beide Frauen sich selbst genug waren?
Mrs. Lear, die genug Vermögen hatte, um mit etwas Umsicht ganz gut zu leben, verspürte

jedenfalls keine körperliche Anziehung. Isabel, wenn auch nie von Verehrern umschwärmt, hatte viele Freunde beiderlei Geschlechts und einen gutbezahlten Posten bei einem Versorgungsbetrieb, wo sie viel mit Menschen zu tun hatte und ab und zu auch reisen mußte. Keine der beiden Frauen stürzte sich auf Leslie Gillis, als wäre er der einzige Brunnen in einer unendlichen Wüste.

Und dann waren sie plötzlich zusammen, und Mrs. Lear war allein. Wir werden sehen, sagte sie sich in der sehr kleinen Welt, die ihres einzigen echten Interesses entleert worden war.

All ihren indirekten Versprechungen entgegen rief sie nicht an, sprach aber fröhlich, wenn Isabel telefonierte, und tauschte immer einige liebenswürdige Worte mit Leslie. In ihren seltenen Briefen erzählte sie von erfundenen Bekannten und gesellschaftlichen Verpflichtungen und erwähnte unweigerlich irgend etwas, das ihre Zukunft in Anspruch nahm.

Am zweiten Erntedankfest ihrer Ehe flogen die Gillis' nach Connecticut, was Isabel Gelegenheit zum gründlichen Eintauchen in nostalgische Gefühle gab.

«Ich hatte eigentlich vor, ein paar Leute einzuladen», sagte Mrs. Lear und deutete nickend auf ein Sortiment ungeöffneter Flaschen, als hätte ihr Verhalten nicht schon längst die niemals große Schar möglicher Gäste vertrieben, «aber dann fand ich, es wäre viel schöner, wenn wir unter uns sind.»

Nachdem sie sich nunmehr als rüstig, selbständig und absolut nicht besitzergreifend ausgewiesen hatte, hielt sie im Januar die Zeit für gekommen. Auf eine Geschichte zurückgreifend, die sie in einem Modegeschäft belauscht hatte, schrieb sie ihrer Tochter, jetzt, wo es überstanden sei, könne sie ihr ja von *meinen drei Wochen auf Krücken* erzählen, und schilderte in aller Einzelheit ihren unerfreulichen Unfall auf der Treppe, berichtete von dem gebrochenen Knöchel und der schwer angeschlagenen Hüfte, daß sie aber nach Meinung des Arztes noch glimpflich davongekommen sei.

In dem Haus in Santa Fé gab es keine Treppen. Sie verfolgte den Brief auf seinem Flug, und am frühestmöglichen Abend rief Isabel an. «Mutter», sagte sie, «hör mir jetzt bitte mal zwei Minuten lang zu, ohne mich zu unterbrechen, ja? Leslie und ich haben alles genau besprochen, seit heute nachmittag dein Brief kam ...»

Ein Kinderspiel war es. Mrs. Lear fügte sich mit Würde, und im Februar zog sie für immer zu den Gillis' nach Santa Fé.

Das Haus aus Adobeziegeln stand unter Föhren auf einem zwei Morgen großen Grundstück in den Hügeln nördlich der Stadt, von so blenden-

dem Licht umflutet, daß in den ersten ein, zwei Wochen das Tragen einer Sonnenbrille eine Notwendigkeit war. Es hatte riesige Fenster, drei Terrassen und ein Schwimmbecken. Auf den glänzenden, tiefroten Fliesenböden lagen grau- oder gelbgrundige bunte Teppiche, von denen Isabel sagte, es wären Chimayos, was immer das heißen mochte; aber das große Eckzimmer, das Mrs. Lear bekam, war ganz neu mit einem blaßrosa Florteppich ausgelegt worden – «nur für den Fall», bemerkte Isabel mit einem Lächeln, damit Mrs. Lear sich deshalb keine Gedanken machte. Fünfzehn Meter hinter dem Haus stand die Werkstatt, wo Leslie, der sich von den Geschäften seiner Anlageberatungsfirma inzwischen teilweise zurückgezogen hatte, sich mit dem beschäftigte, was er seine «kleine Spielerei» nannte. Es war nicht ausschließlich ein Hobby – einige seiner Erfindungen hatte er patentieren lassen und verkauft, in erster Linie Modifizierungen kleiner Maschinen. Er hatte Mrs. Lear die Werkstatt bei dem Besichtigungsrundgang am Tag nach ihrer Ankunft nicht gezeigt; es sähe dort drinnen immer aus wie Kraut und Rüben, und außer für jemanden, der für derartige technische Spielereien etwas übrig hatte, gäbe es dort nichts zu sehen.
«Außerdem», fügte Isabel hinzu, «ist die Luft immer voll von Metallspänen oder Holzstaub,

wenn Leslie in den letzten vierundzwanzig Stunden drinnen war.»
Allein mit Mrs. Lear, sagte sie: «Ich hoffe, du bist nicht schockiert, aber die Werkstatt ist wirklich ein Gottesgeschenk, Leslie ist manchmal den ganzen Abend drüben. Ich weiß nicht, wie sich zuviel Beisammensein auswirken würde, aber ich bin viel zu glücklich, um das Risiko einzugehen, es in Erfahrung zu bringen.»
Das ließ sich nicht bestreiten, mochte man noch so genau hinsehen. Isabel hatte immer einen blassen Teint gehabt, der ihre Augen und ihr Haar, das hübscheste an ihr, zur Geltung gebracht hatte; hier in ihrem eigenen Haus jedoch, ohne Reisemüdigkeit, schimmerte ihre Haut wie Perlmutt. Mrs. Lear fand alle Männer unergründlich, wenn sie nicht gerade vor Lachen brüllten oder vor Wut tobten, aber es war klar, daß auch Leslies Leben einen einzigen echten Mittelpunkt hatte …
Anfangs fühlte sich Mrs. Lear nicht ausgeschlossen. Wenn sie sich auch nicht für fremde Sprachen interessierte und daher Isabels Einladung ausschlug, an dem kleinen Spanischkurs teilzunehmen, der einmal in der Woche nachmittags stattfand, fuhren sie doch im allgemeinen morgens irgendwo zusammen hin. Nach dem Mittagessen legte sie sich meistens hin und half dann am späten Nachmittag Isabel in der Küche

beim Gemüseputzen oder Kartoffelschälen oder was sonst im voraus getan werden mußte, damit die Cocktailstunde möglichst nicht gestört wurde. Sie verstanden sich prächtig – so prächtig, daß Leslie, wenn er an die Tür kam, wie ein Eindringling wirkte.

Wenn zum Cocktail Gäste kamen, blieb Mrs. Lear, taxierte Kleider und Schmuck und trug am Rande zum Gespräch bei. Als eine Einladung zum Abendessen geplant war, erbot sie sich, in ihrem Zimmer zu essen.

«Sonst fühlen sich die Leute womöglich verpflichtet, sich bei mir zu revanchieren. Das wäre doch peinlich.»

So daran gewöhnt, von beiden umworben zu werden, zweifelte sie keinen Augenblick daran, daß sie von diesem Spiel von der armen geduldeten Verwandten nichts würden wissen wollen, und war daher höchst bestürzt, als Leslie mit leichtem Spott parierte. «Aber alle unsere Freunde wissen, daß du hier bist, Juliet. Wir wollen doch nicht den Eindruck erwecken, du seist für den Abend an dein Bett gekettet.»

«Ich finde, Mutter soll das tun, was ihr zur gegebenen Zeit am liebsten ist», sagte Isabel, und es gelang ihr beinahe, die scherzhaften, schmerzhaften Worte zu übertünchen. Warm lächelnd sah sie von einem zum anderen, als machte sie sie miteinander bekannt. «Lieber Himmel, man könnte ja meinen, wir sprächen über die Grundregeln für ein Gipfeltreffen.»

Der Schaden war angerichtet, gerade auch dank ihrer Verteidigung, und unter Leslies immer liebenswürdigem, aber aufmerksamen Auge hatte Mrs. Lear keine andere Wahl, als an ihrer erklärten Absicht festzuhalten und sich selbst in ihr Zimmer zu verbannen. Sie brütete nicht darüber. Ihr Blut wußte sehr wohl, was geschehen konnte, wenn sie ihm freien Lauf ließ. Statt dessen blickte sie hinüber zur Werkstatt, die von ihrem Westfenster aus sichtbar war, und schwor sich: Ich komm da noch hinein.

An einem Nachmittag, als wegen eines heraufziehenden Gewitters, dessen Donner aus der Ferne schon zu hören war, das Licht in der Küche schon um fünf Uhr brannte, war Mrs. Lear gerade dabei, die Äpfel für einen Waldorf-Salat zu schnipseln, als Isabel, so steif und verlegen wie jemand, der endlich eine Bemerkung anzubringen wagt, die er lange hinausgeschoben hat, zu ihr sagte: «Könntest du – ich weiß, das klingt lächerlich, aber könntest du versuchen, nicht immer so ein erschrockenes Gesicht zu machen, wenn Leslie erscheint? Er hat dich sehr gern, weißt du, aber manchmal erweckst du den Anschein, als glaubtest du, er – wolle sich heimlich an dich heranschleichen.»

Mrs. Lear, gerade in einem angenehmen Tag-

traum gefangen, wo es nur sie beide gab, weniger Mutter und Tochter als ebenbürtige Freundinnen, dachte wütend, dann soll er sich doch bemerkbar machen, und merkte erst, daß sie laut gesprochen hatte, als Isabel, die die gewaschenen Salablätter in eine Schüssel gab, erstaunt den Kopf drehte.
Sie war verwirrt, aber nur sekundenlang.
«Ich hab es dir damals nicht geschrieben, weil ich dich nicht beunruhigen wollte», sagte sie, während sie mit einem Messer das Kernhaus eines Apfels zerhackte und die zähen Teile und Kerne zu den sauberen kleinen Scheibchen in die Schüssel warf, «aber eines Tages, als ich noch an Krücken ging, erschien tatsächlich plötzlich ein Mann in unserem Haus. Er behauptete, er hätte geklopft, aber ich bin sicher, das hat er nicht getan. Er suchte die Crawfords, die ein Stück straßabwärts wohnen, aber so etwas kann sehr beängstigend sein, wenn man praktisch hilflos ist.»
«Ja, natürlich, das kann ich mir vorstellen», erwiderte Isabel mit offenkundiger Erleichterung.
So, Leslie, dachte Mrs. Lear triumphierend und diesmal stumm, doch sie begegnete ihm von da an mit einer neuen Vorsicht, lächelte ihn manchmal sogar an, wenn ihre Blicke sich an einem ruhigen Abend begegneten – oder entblößte zumindest ihre Zähne. Und so kam der Muttertag.

Die Dieffenbachia, von einer Bekannten, die zu Besuch kam, als solche identifiziert und von Leslie regelmäßig gegossen und ab und zu gedüngt (gerade so wie Isabel sich um das Vogelbad kümmerte), gedieh erbarmungslos. Mitte Juli wirkte sie urwaldhaft genug, um Kokosnüsse oder Bananen hervorzubringen, doch das einzige, was sie produzierte, war eine Folge neuer Blätter, deren Nadelspitzen, eingerollte blaßgrüne Blattknospen, eine nach der anderen aus der Pflanzenspitze hervorsprossen.
Das neue Wachstum an der Spitze schien ein lebendes Opfer am unteren Ende zu verlangen. Hätte man sie gelassen, so hätte Mrs. Lear sich an dem todgeweihten, braunfleckigen, schlaff hängenden Ding, das noch vor wenigen Tagen so zäh und unbesiegbar geschienen hatte, von Herzen ergötzt, aber Leslie oder Isabel oder Mrs. Sedillo, die zweimal in der Woche zum Saubermachen kam, knipsten es immer gleich ab. Nach dem Abfallen der Blätter blieb auf dem dicken Stengel, den man eigentlich nur noch als Stamm bezeichnen konnte, eine Leiter weißlicher Riefen zurück, die aussahen wie Sprossen für Paviane oder Schlimmeres.
Diesselbe Bekannte, die die Pflanze als Dieffenbachia klassifiziert hatte, war so entgegenkommend, Mrs. Lear beim Abschied noch mitzuteilen, daß die Pflanze giftig sei.

«Giftig?» wiederholte Mrs. Lear höflich.
«Richtig.» Die Frau – groß, sachlich und kenntnisreich – hatte etwas mit den öffentlichen Bibliotheken zu tun. «Sie ist giftig oder kann zumindest ein Anschwellen der Zunge verursachen, das zum Erstickungstod führen kann.»
«Interessant», bemerkte Mrs. Lear freundlich, obwohl sie empört und wütend war. Sie schloß die Haustür, und in einem leichten Luftzug bewegten sich die Blätter der Pflanze wie ihr zum Spott. «Zum Glück sieht sie nicht so verlockend aus, daß man sie essen möchte.»
Sie zog sich in ihr Zimmer zurück. Mit geballten Fäusten marschierte sie auf dem roséfarbenen Florteppich hin und her – achtundsiebzig, neunundsiebzig, achtzig – und blieb nur einmal mit unheilschwangerer Miene vor der Glastür zur Terrasse stehen. Gift! Leslies kleiner Privatscherz, an dem er sich jedesmal freute, wenn er leuchtendblauen Pflanzendünger im Wasser auflöste, um das schauderhafte Ding zu füttern. Sollte sie ihm den Garaus machen? Mrs. Lear hatte ihre Golfschläger aus Connecticut mitgebracht. Sie brauchte nicht einmal allzu nah heranzugehen.
Oder Leslie darauf ansprechen?
Weder das eine noch das andere. Er und Isabel waren am nächsten Abend zum Essen eingeladen.

Sie gingen um Viertel vor sechs aus dem Haus, aber Mrs. Lear wartete, bis der letzte rote Sonnenstrahl verglüht war, ehe sie sich, entsprechend ausgerüstet, daran machte, die Mission auszuführen, die durch eine Reihe von Hindernissen immer wieder hinausgeschoben war.
Der Himmel war mit Sternen dicht besiedelt, und nach ein, zwei Minuten auf dem Rasen hinter ihrem Schlafzimmer brauchte sie die Taschenlampe nicht mehr. Etwa zwölf Meter Gras, dann ein Streifen steinigen, von Föhren bewachsenen Bodens und sie stand vor der Tür zu Leslies Werkstatt. Obwohl in der untersten Küchenschublade ein ordentlich mit einem Etikett versehener Schlüssel lag, schlug sie mit einem Hammer das ganze Glas aus der Scheibe oberhalb vom Schloß. Obwohl ihr das Bewußtsein um die Begrenztheit ihrer Zeit im Nacken saß, ging sie mit kleinlicher Gründlichkeit zu Werke wie jemand, der völlig ausgedörrt ist, aber aus dem endlich erreichten Hahn das Wasser absichtlich erst noch laufen läßt, damit es richtig kalt wird.
Der Wandschalter drinnen war dort, wo ihre behandschuhte Hand ihn zu finden erwartete. Sie knipste das Licht an und gönnte sich einen gierigen und umfassenden Blick, ehe sie es wieder ausschaltete und statt dessen die Taschenlampe anmachte und auf einen Hocker mit Rädern legte.

Es war ein großer Raum, ungefähr neun mal fünf, mit einem Betonboden. An einer Wand waren alle möglichen Materialien gestapelt, Glas und Kunststoff und auch Holz in verschiedenen Formen. Eine zweite Wand, voller Haken, hätte praktisch so, wie sie war, aus einem teuren Eisenwarengeschäft hierher verpflanzt worden sein können.
Eine Couch war da, ein Spülbecken, ein Schreibtisch mit verstellbarer Platte, eine lange Werkbank, an der verschiedene Werkzeuge festgeklammert waren, ein Ding, das wie eine Drehbank aussah, ein Werkzeugkasten mit mindestens einem Dutzend flacher Schubladen.
Die Werkbank war im Boden verankert, aber es gelang Mrs. Lear, sie mit einem Klauenhammer ziemlich übel zuzurichten. Sie riß die flachen Schubladen mit ihren unendlich vielen, in winzigen Fächern aufbewahrten Kleinteilen aus dem Kasten und schleuderte sie quer durch den Raum, hörte, wie beim Aufprall das Holz splitterte, und riß, während noch Schrauben und Nägel und andere metallische Dinge über den Boden rollten, ein Werkzeug mit einer scharfen Spitze vom Haken an der Wand, um mit ihm Tuben und Dosen voll Farben, Lacken und anderen Gemischen aufzuschlitzen.
In dem Zeichenblock auf dem Schreibtisch, den sie hastig durchblätterte, entdeckte sie nichts Er-

kennbares. Obwohl ihre Seele nach einem Feuer lechzte, und wäre es auch nur ein kleines gewesen, begnügte sie sich damit, den ganzen Block in Fetzen zu reißen. Sie pfropfte den Abfluß des Spülbeckens zu und drehte beide Wasserhähne ganz auf, dann nahm sie ihre Taschenlampe, ließ die glaslose Tür weit offen und kehrte zum Haus zurück.
Ein Blick auf die Uhr, die sie sogleich abnahm, sagte ihr, daß das ganze Unternehmen acht Minuten in Anspruch genommen hatte. Eilig schlüpfte sie in Nachthemd, Morgenrock und Hausschuhe, dann rief sie die Polizei an. Sie gab ihren und Leslies Namen an und dazu die Adresse und erklärte in erregtem Ton, draußen, hinter dem Haus, triebe sich jemand herum, beinahe mit Sicherheit in der etwas abseits stehenden Werkstatt, ob man sogleich jemanden schicken könne, da sie ganz allein wäre. Ja, die Türen wären alle abgeschlossen, aber man solle sich beeilen.
Die Gillis' versäumten niemals, wenn sie weggingen, aufzuschreiben, wo sie zu erreichen waren, und bei dieser Nummer rief Mrs. Lear als nächstes an. Sie beendete das Gespräch mit Leslie mit den Worten: «Der Kerl da draußen weiß, daß jemand im Haus ist, weil das Licht ausging, sobald ich den Vorhang zurückzog – kommt also bitte, so schnell ihr könnt.»
Die beiden Wagen trafen beinahe gleichzeitig

ein, die Polizei mit einem winzigen Vorsprung. Inzwischen hatte Mrs. Lear ihr Gesicht geschrubbt, bis es glänzte, wobei sie gleichzeitig die Wanne mit kochendheißem Wasser füllte, das sie sogleich wieder abließ. Dann hatte sie sich mit einem ihrer Golfschläger bewaffnet. Es kam so, wie sie erwartet hatte, sie mußte ihre Geschichte zweimal erzählen, erst der entsetzten Isabel, dann der Polizei und Leslie, als diese von ihrer Inspektion der verwüsteten Werkstatt zurückkehrten.

Abgesehen von der zentralen Handlung, entsprach der Ablauf des Abends so sehr dem gewohnten, daß Mrs. Lear ihn völlig unbefangen schildern konnte: Nach dem Essen hatte sie eine Weile ferngesehen, sich dann in ihre Räume zurückgezogen, um zu baden – gegen zwanzig Uhr fünfzehn müsse das gewesen sein, meinte sie. Das Geräusch oder die Geräusche, die sie aufmerksam gemacht hatten, konnte sie eigentlich nicht beschreiben, weil sie nicht bewußt gelauscht hatte, aber irgend etwas hatte sie veranlaßt, den Vorhang an der Terrassentür zurückzuziehen, und im selben Augenblick war ein Licht, das sich in Richtung der Werkstatt bewegte, gelöscht worden.

Die Polizei, die lästigen Schwiegermüttern meist in Verbindung mit abgebrochenen Flaschenhälsen oder stumpferen Gegenständen begegnete,

hatte sich angesichts ihrer Blässe, ihrer gepflegten, aber unlackierten Fingernägel, ihres marineblauen Morgenrocks mit dem schneeweißen Kragen und den ebenso schneeweißen Ärmelaufschlägen bereits ihr Bild gemacht. Pflichtschuldig notierten sie sich die Geschichte von den beiden jungen Leuten, die in der Woche zuvor auf der Suche nach Aushilfsarbeiten im Garten vorbeigekommen waren, gerade als Leslie einen Schubkarren mit Unkraut beladen hatte, das immer wieder rund um das Schwimmbekken wucherte, schlugen einen großen Hund oder ein schmiedeeisernes Gitter vor und fuhren wieder ab.
Mrs. Lear, die aussah, als wollte sie mit ihren festverschränkten Unterarmen eine verspätete Reaktion eindämmen, freute sich in Wirklichkeit diebisch. Niedergeschlagenheit und Schmerz über den Verlust überkamen Leslie jetzt, wo die erste Aufregung vorüber und kein schneidiger Polizeibeamter mehr da war, vor dem man sich energisch und entschlossen zeigen mußte.
Er litt, wie sie wußte, gelegentlich an Schlaflosigkeit. Scheinbar mit großer Anstrengung stand sie aus ihrem Sessel auf und sagte in einem beinahe demütig bittenden Ton, den sie nie zuvor von ihr gehört hatten: «Könntest du mir eine von deinen Schlaftabletten geben, Leslie? Ich glaube wirklich –»

Auf diese Weise zur Besinnung gebracht, baten die Gillis' sie um Verzeihung, sie an diesem schrecklichen Abend allein gelassen zu haben. Isabel begleitete sie liebevoll in ihr Schlafzimmer und wartete, bis sie im Bett lag. Sie ließ sich von ihr noch ein Glas Wasser aus dem Badezimmer holen, so daß sie mit eigenen Augen die noch nasse Wanne und das feuchte Handtuch am Halter sehen, die feuchte Luft spüren konnte.
Mrs. Lear nahm sogar die Schlaftablette, obwohl ihr so ruhig und behaglich war, als läge sie in leise plätscherndem warmem Wasser. Eine Giftpflanze! Die einen erstickte! Nun, sie hatte es ihm gezeigt.

Der folgende Tag ging von Anfang an schief.
Anstatt wie sonst für drei Stunden in sein Büro zu fahren, setzte es sich Leslie in den Kopf, sogleich mit der Reparatur seiner verwüsteten Werkstatt anzufangen. Um zehn Uhr rief Isabels Spanischlehrerin an; ein entzündeter Zahn zwang sie, den Nachmittagsunterricht abzusagen. Isabel, die diese Nachricht empfing, als sie vom Briefkasten zurückkam, überlegte einen Moment und sagte, da es nichts Dringendes einzukaufen gäbe, könnte sie gleich den ganzen Tag zu Hause bleiben und Leslie, dem armen, bei den Aufräumungsarbeiten in der Werkstatt helfen.
Um halb elf Uhr setzte sich Mrs. Lear, ent-

schlossen, keinerlei schwiegermütterliche Sühnearbeiten zu leisten, mit einer Zeitschrift ins Wohnzimmer. Um fünf nach halb elf entdeckte sie, daß es ihr nicht behagte, mit der versammelten Mannschaft üppiger ovaler Blätter allein im Zimmer zu sein.

Sie versuchte, die Situation zu analysieren, während sie so tat, als konzentriere sie sich auf die Bilder einer eleganten Wohnzimmereinrichtung in Safrangelb und Perlgrau. Die Pflanze, zweifellos von Anfang an mit Leslie unter einer Decke, hatte inzwischen wahrscheinlich längst Informationen von dem Gras erhalten, über das Mrs. Lear am vergangenen Abend auf ihrem Weg zur Werkstatt geschritten war, und von den Föhren, die sie gestreift hatte; Isabel hatte ja die Fenster schon früh am Morgen geöffnet. Doch wenn sie auch Feindseligkeit verströmte wie einen bösen Geruch, konnte sie doch nicht plötzlich losgehen und in mühsamen Halbdrehungen vorwärtshüpfen, um sich auf sie zu stürzen. Die Teppiche würden sich wellen und sie aufhalten.

An dieser Stelle wurde sich Mrs. Lear bewußt, daß an ihren Überlegungen irgend etwas nicht ganz in Ordnung war, und in der Absicht, das näher zu untersuchen, stand sie abrupt auf, so daß die Zeitschrift klatschend auf die Fliesen fiel, und flüchtete sich in ihr Zimmer.

Um die Mittagszeit kam Isabel ins Haus zurück,

um ein paar Brote zu machen. Wenn auch alle Entwürfe Leslies unrettbar verloren waren, er also wieder ganz von vorn anfangen mußte, kamen sie mit den Aufräumungsarbeiten ganz gut vorwärts.
Mrs. Lear, die ihr Gesicht hatte abwenden müssen, um ein kleines Zucken der Schadenfreude zu verbergen, sah ihr zu, wie sie Mayonnaise auf die Brote strich.
«Entwirft Leslie eigentlich auch Spielsachen? Das wäre doch ein großes Gebiet.»
Wie die meisten ihrer Äußerungen in letzter Zeit war diese in der Stille des Zimmers formuliert worden, und obwohl sie im Augenblick den genauen Zusammenhang nicht mehr zurückverfolgen konnte, war sie ganz sicher, die Antwort wissen zu wollen.
«Spielsachen?» Isabel streute Salz und Pfeffer auf die Brote, klappte sie zusammen, halbierte sie und schob sie in eine Plastiktüte. «Kann sein, mir erzählt er von seinen Erfindungen immer erst, wenn sie ein bestimmtes Stadium erreicht haben... Ich glaube, ich nehme eine Flasche Wein mit, dann können wir so tun, als wäre es ein Picknick.»
Mrs. Lear wollte ihren gewohnten Mittagsschlaf machen, aber es ging nicht. Es war, als wäre es einem höhnischen Feind gelungen, in ihr Hirn einzudringen und das gesamte Mobiliar ihres

Oberstübchens durcheinanderzuwerfen, so daß sie, wenn sie auf dem Weg in den Schlaf gerade einen wunderbaren ruhigen Raum betrat, plötzlich an irgend etwas anstieß, das gar nicht an diese Stelle gehörte. Puppen, dachte sie und schlug die dünne Decke zurück.
Vielleicht noch einmal eine von Leslies Tabletten. Isabel hatte in der vergangenen Woche erst neue gekauft; er würde sie noch nicht nachzählen. Mrs. Lear schlüpfte in einen Morgenrock, öffnete die Tür, lauschte in die Stille des Hauses und schlich sich sehr leise zum Schlafzimmer der Gillis'.

Und sie mußte tatsächlich eingenickt sein, wenn auch nur für ein paar Minuten, denn in der Zwischenzeit waren sie hereingekommen und hatten ihre Schwimmsachen angezogen. Ein Flügel des Seitenfensters stand offen, und obwohl nur ein Teil der geschwungenen Betonumrandung sichtbar war, konnte Mrs. Lear das gedämpfte Plätschern aufgewühlten Wassers hören und zugleich Isabels Stimme. «... das alles sehr gründlich besprochen, ehe ich Mutter anrief, und wir waren uns beide einig darüber, daß es, wenn sie tatsächlich kommen sollte, für immer sein würde. Und jetzt, nur weil diese schreckliche Geschichte alle mit einer dunklen Wolke überzogen hat –»

«Es hat mit der Werkstatt nichts zu tun.» Das war Leslie, gemäßigt und daher, wie Mrs. Lear wußte, um so hartnäckiger. «Dir fällt es nicht auf, weil es sich nicht an dich richtet, aber die Art und Weise, wie deine Mutter mich ansieht, wird allmählich äußerst merkwürdig.»

«Liebling, du hast die ganze Zeit so viel Verständnis gezeigt, daß es für dich wahrscheinlich schwer einzusehen ist, aber Mutter ist in einer schwierigen Lage. Sie hat jahrelang in ihrem eigenen Haus allein gelebt und fragt sich natürlich, ob sie hier wirklich willkommen ist. Es dauert einfach eine Zeitlang –»

«Sie ist jetzt fünf Monate hier, und ich spreche nicht von Befürchtungen irgendwelcher Art, ich spreche von Feindseligkeiten. Um es mal ganz milde auszudrücken.»

Mrs. Lear stand wie zu Stein erstarrt.

Nach einigen Sekunden des Schweigens sagte Isabel: «Also wirklich, Leslie! Warum sollte sie dir gegenüber feindselig sein? Du mußt doch eine Theorie haben, wenn du das alles so ernst nimmst.»

«Also gut, ich glaube, deine Mutter befand sich damals in Puerto Vallarta, ganz am Anfang, in einem kleinen Irrtum. Ich glaube –»

Mrs. Lear sprang unwillkürlich einen Schritt vor, als ihr glühender Haß auf Leslie Gillis sich zischend und funkensprühend aus dem Wust von

Gefühlen befreite, in dem er sich gewöhnlich versteckt hielt. Nicht in Erkenntnis, sondern vor wütender Verachtung stockte ihr einen Moment lang der Atem. Wie kann er es wagen? widerhallte es dröhnend in ihrem Kopf, und sie überhörte ein paar Worte.

«Aber selbst wenn wir einmal annehmen, daß etwas Wahres daran ist» – Oh, schlau! Nicht so entwaffnend wie die Bereitschaft zum Zugeständnis! –, «es ist jetzt drei Jahre her, Liebling, und ich muß dich darauf aufmerksam machen, daß Männer für Mutter nur ein notwendiges Übel sind. Sie hatte einen, so einfach ist das. Darum –»

Leslie war mindestens genauso raffiniert, wie Isabel. Sein «dann weiß ich auch nicht!» klang so herzzerreißend, daß sie augenblicklich versuchte, ihn zu trösten.

«Weißt du was, Leslie, ich rufe Marietta an. Ich denke, eine Einladung zum Abendessen wäre am besten, auch wenn ich nicht versprechen kann, daß ich ihr Urteil akzeptieren werde – sie praktiziert schließlich seit Jahren nicht mehr. Inzwischen unterhalte ich mich mal mit Mutter, und du unterhälst dich mal mit dir selber, hm? Mir ist kalt, dir auch? Komm, gehen wir in die Sonne…»

Selbst wenn ihre Stimmen nicht unhörbar geworden wären, hätte Mrs. Lear mehr nicht ertragen können. Was den Anschein teilweisen

Weichwerdens hatte, war nicht mehr als eine von Isabels Notlösungen, um die Ablehnung zu vertuschen; aber wie lange würde sie Leslies Unwillen gegenüber standhaft bleiben, wie lange ihr ruhiges eheliches Glück der Gefahr aussetzen?

Nicht lange.

Nicht eigentlich eine Anstalt, würden sie zu ihren Freunden sagen, sondern einfach ein sehr schönes Haus mit gründlich ausgebildetem Personal, das im Umgang mit Leuten, die zur Exzentrik neigten, Erfahrung hatte. Sie hatten dort auch einige Patienten, die an der Alzheimerschen Krankheit litten. Der Park war wunderschön. Mrs. Lear knirschte mit den Zähnen. Niemals!

Irgendwie überstand sie den Nachmittag, half sogar Isabel in der Küche und dachte beim Abendessen daran, Leslie zuzulächeln, obwohl ihre Zukunft sich mit beschleunigtem Tempo zu nähern schien. Die unbekannte Marietta war natürlich Psychiaterin. Mrs. Lear fehlte wahrhaftig nichts, aber jeder wußte, daß Chirugen schnitten, Redakteure redigierten und Psychiater immer eine Macke fanden. Schlimme Marietta, dachte Mrs. Lear in flüchtiger Erheiterung.

Leslie ging früh zu Bett, schützte Müdigkeit nach den anstrengenden Arbeiten in seiner Werkstatt vor, obwohl er nach dem Kaffee nicht zu müde gewesen war, die gräßlichen Blätter der Pflanze noch abzuwaschen. «Sie muß atmen können», sagte er vielleicht zum zehnten Mal zu Mrs. Lear, als hoffte er, sie würde diese Liebesmüh übernehmen. Und sie antwortete zweideutig: «Tatsächlich?»

Isabel duschte und kehrte in einem feinen Hauch von Veilchenduft zurück, um noch etwas zu lesen, wie sie das häufig tat, wenn Leslie vor zehn zu Bett ging. An diesem Abend jedoch merkte man ihr eine gewisse hektische Gespanntheit an, die zweifellos Vorbotin der «kleinen Unterhaltung» war. Mrs. Lear war auf sie inzwischen vorbereitet; sie beabsichtigte, abwechselnd Erstaunen, Gekränktheit und Nachdenklichkeit zu zeigen. Ob Isabel denn ganz sicher wäre, wollte sie fragen, daß diese Beschuldigungen nicht mit Leslies jüngster Gewohnheit, vor sich hin zu murmeln, zu tun hatten. Isabel hatte das noch gar nicht gehört? Nun, zweifellos gab er sich mehr Mühe, wenn sie in Hörweite war, aber…

Es lag in der Natur der Sache, daß der Beweis, daß man nicht vor sich hin murmelte, schwer zu erbringen war. Zweifellos würde die Beschuldigung ein bißchen Verwirrung stiften.

Die Minuten verstrichen, und nichts geschah, außer daß eine kühle Brise durch eines der offenen Fenster strich. Augenblicklich bewegte sich die Pflanze leise in ihrem zufriedenen Schlum-

mer, und in der schützenden Anwesenheit einer zweiten Person im Raum hob Mrs. Lear, die in letzter Zeit nicht in der Lage gewesen war, ein Buch zu finden, das sie über mehr als zwei oder drei Seiten fesselte, ihren Kopf von der Zeitschrift, die sie am Morgen weggeworfen hatte, und sah die Pflanze kühn an.
Und schloß entsetzt die Augen, als ihr Hirn ihr sagte, was sie sah, und öffnete sie wieder, um dasselbe stumm spähende Schreckensgeschöpf zu sehen.
In schlauer Wachsamkeit war er erstarrt, der winzige braune Mann, der in dem V zwischen dem Stamm und einem der gebogenen Stengel hing, halb verborgen hinter einer kürzeren gebogenen Luftwurzel, die die Blätter nährte. Alles an ihm verriet, daß er ein grausamer Wilder war, nicht mehr als fünfzehn oder sechzehn Zentimeter groß, aber so exakt im Größenverhältnis zu seinem Wirt, daß er Lebensgröße erreichen würde, wenn diesem gestattet wurde, zu seinen richtigen Proportionen heranzuwachsen.
Es war klar, daß Leslie ihm Nahrung brachte, während er so tat, als pflegte er nur die Pflanze. Und Anweisungen, die er an diesem Abend ausführen wollte.
Nein, früher schon. Jetzt.
Er geriet sofort in leise, wachsame Bewegung, als Mrs. Lear mit erstickter Stimme «Isabel!» sagte.

Was, fragte sie sich entsetzt, wenn er jetzt den Stamm herunterrutschen und versuchen sollte, zu ihr zu gelangen? Aber das tat er natürlich nicht; heimtückisch wie alle seiner Art, wurde er so unschuldig wie Lampenlicht und Chlorophyll. Isabel brauchte keine weitere Aufforderung. Sie stand sofort auf und eilte durch das Zimmer, beugte sich hinunter wie gezogen von der Hand, die mit der Kraft wilder Verzweiflung ihren Arm umklammerte. Mrs. Lears brüchige Flüsterstimme war kaum mehr als ein Rascheln in der vom bösen Zauber durchwirkten Stille. «Schau, da in der Pflanze, in der Mitte, ungefähr auf halber Höhe – das ist keine Puppe, das ist ein kleiner Mann, er lebt, er *lebt* –»
«Ja, ich sehe ihn», erwiderte Isabel nach einer kleinen Pause ebenfalls flüsternd. Sie war sehr bleich geworden, aber ihre Beherrschung, während sie ihrer Mutter aus dem Sessel half, war beinahe vollkommen. «Schau, da ist dein Golfschläger.» Sie drehte Mrs. Lear sachte zu der Ecke, wo immer noch das Eisen stand, vergessene Erinnerung an den Abend zuvor. «Halt ihn ganz fest und gib acht. Ich rufe inzwischen –»
«Nicht Leslie!»
«Nein, nein, die – Polizei. Wir müssen sie unterrichten. Halte den Schläger hinter deinen Rücken, damit du ihn nicht provozierst. Schaffst du das, Mutter? Ich komme gleich wieder.»

Isabel hielt bei dem Apparat, der im Eßzimmer stand, gar nicht an, sondern rannte, Mrs. Lears Auge entkommend, ins Schlafzimmer, schaltete rücksichtslos das Licht an und schüttelte Leslie wach – mit einiger Mühe, weil er trotz seiner körperlichen Müdigkeit eine seiner Schlaftabletten genommen hatte.

«Leslie! Leslie, du mußt sofort aufstehen! O Liebling, du hattest ja so recht mit dem, was du über Mutter sagtest. Sie ist im Wohnzimmer, im Geist offenbar in ihre Kindheit zurückgekehrt, und ist ganz außer sich wegen einer Lieblingspuppe von ihr, die sie ihren kleinen Mann nennt. Sie ist überzeugt, daß die Puppe sich in der Pflanze versteckt hat, du mußt ihr also einfach versprechen, daß du sie ihr herausholst, während ich Dr. Fellowes anrufe. Das ist kein Fall mehr für Marietta –»

«Du lieber Gott! Ihr kleiner Mann!» Noch halb benommen wiederholte Leslie die Wendung, die ihm in Verbindung mit seiner Schwiegermutter völlig absurd erschien, und strich sich glättend über den Pyjama, während er zum Schrank ging.

Isabel riß in höchster Panik den Hörer vom Telefon und trieb ihn mit den Worten hinaus: «Du kannst jetzt nicht erst deinen Bademantel suchen! Du mußt zu ihr!»

Und wie lang würde der Wahn andauern, auch

wenn sie ihn durch ihre Behauptung, das Ding gesehen zu haben, noch gestützt hatte? Und wie lange der Anfall von Verfolgungswahn, der für diesen langersehnten Augenblick wesentlich war?

Daß man Mrs. Lear nicht ungestraft verärgerte, war eine Tatsache, mit der Isabel seit ihrer Kindheit gelebt hatte. Daß Mrs. Lear am vergangenen Erntedankfest Anzeichen von wachsender Labilität gezeigt hatte, kam nicht unerwartet. Beide Umstände hatte Isabel erst verknüpft, als sie sich zum erstenmal in ihrem Leben unsterblich verliebt hatte. Sie merkte, daß ihr ein gestohlenes Rendezvous in der Woche unter dem Deckmantel eines Spanischkurses nicht reichte, und erkannte, daß nichts Leslie dazu bewegen würde, sie freizugeben. Und ferner erkannte sie, daß ein Scheidungsprozeß bei Leslies entschiedenem Widerstand nicht nur äußerst kostspielig werden, sondern sich auch endlos hinziehen würde.

Warum sollte sie so lange warten und sich von so viel schönem Geld trennen – Isabel war neununddreißig, der Mann ihrer Wahl fünf Jahre jünger –, wenn da ja noch Mutter war, Mutter mit dem Hang zum unversöhnlichen Groll, den vom jahrelangen Golfspiel gestählten Armen, den obskuren Gedankengängen, so verschlungen wie Maulwurfstunnel?

Aber trotz ihrer Entschlossenheit, trotz ihres monatelangen Balanceakts, ihrer gezielten Bemühungen, Mrs. Lears Wut immer von neuem anzustacheln – ihr Einfall, Leslie zu der häßlichen Pflanze zu raten, hatte zweifellos Früchte getragen –, und trotz ihres Triumphes über den zerstörerischen Tobsuchtsanfall in der Werkstatt fehlte es Isabel nicht an Feingefühl. Leslie hatte mittlerweile Zeit gehabt, das Wohnzimmer zu erreichen, versprach Mrs. Lear vielleicht in diesem Moment – sicherlich redete er leise –, ihr das Objekt des Entsetzens zu holen.
Sie hatte im Spiegel Augen betrachtet, von denen sie sich nicht vorstellen konnte, daß sie eines Tages nur noch ausgebleichtes, steinernes Lavendel sein würden. Sehr leise schloß sie die Schlafzimmertür.

Inhalt